GAYFÜHLVOLL

Nicole Henser

Inka Loreen Minden

GAYFÜHLVOLL

homoerotische Geschichten

Edition Sinneslust

Bibliografische Information der Deutschen Nationalbibliothek
Die Deutsche Nationalbibliothek verzeichnet diese Publikation in der Deutschen Nationalbibliografie; detaillierte bibliografische Daten sind im Internet über http://dnb.d-nb.de abrufbar.

Nicole Henser

Inka Loreen Minden

GAYFÜHLVOLL

- homoerotische Geschichten -

Umschlaggestaltung: Monika Dennerlein
Titelfoto: © www.jackmalipan.com – fotolia.com

Herstellung und Verlag: Books on Demand GmbH, Norderstedt
Printed in Germany

ISBN-13: 9783837030136

Sämtliche Personen dieser Ausgabe sind frei erfunden. Ähnlichkeiten mit lebenden, verstorbenen oder untoten Personen sind rein zufällig.

Inhaltsverzeichnis

Fesselnde Leidenschaft

von Inka Loreen Minden

Raven marschierte in seine Kajüte, wo die Crew bereits den Ersten Offizier der *Endeavour* an einen Stuhl gefesselt hatte. Die Füße an je ein Holzbein gekettet, und die Arme hinter dem Rücken an der Lehne festgebunden, bot er einen aufregenden Anblick. Sein Oberkörper glänzte vor Schweiß, denn bis Ravens Leute die Soldaten überwältigt hatten, waren mehrere Stunden vergangen.

„Du weißt, warum ich dich am Leben gelassen habe, Dane?“, fragte Raven, als er die Tür hinter sich absperrte.

„Fahr zur Hölle!“, spuckte ihm dieser entgegen. Stolz hob er den Kopf und blickte direkt in die dunklen Augen des Piraten. „Ich hasse dich!“

„Na, na. Da warst du aber mal ganz anderer Meinung!“

Dane bemühte sich wirklich, doch er konnte es nicht verhindern, dass sich seine Wangen erhitzten. Ja, er hatte Raven geliebt, doch das war viele Jahre her. Als er ihm damals seine Gefühle gestand, hatte er ihn nur ausgelacht. Seit diesem Vorfall gingen sie getrennte Wege. Aus ihm war ein angesehener Offizier geworden – Raven hatte sich der Seeräuberei verschrieben. *„Er sieht noch genauso verteufelt gut aus wie früher“*, musste sich Dane eingestehen, als er den Piratenkapitän von oben bis unten musterte. Auch Raven trug nur Kniehosen und sonst nichts weiter am Körper. Er stellte fest, dass sie beide in etwa die gleiche Statur besaßen: groß, muskulös und breitschultrig. Dann war es aber mit den Gemeinsamkeiten vorbei, denn Ravens pechschwarzes Haar fiel offen über seine Schultern, während Danes helle Mähne durch einen Zopf gebändigt wurde, der sich größtenteils aufgelöst hatte.

„Du hättest mich töten sollen, Raven, denn bei der erstbesten Gelegenheit werde ich dir die Kehle aufschlitzen!“

Der Pirat baute sich breitbeinig vor ihm auf und verschränkte die Arme vor der Brust. „Für König und Vaterland? Oder aus eigenem Antrieb?“, spottete er. „Sieh dich doch an! Du ziehst mich ja förmlich aus mit deinen Augen!“

Dane kapitulierte. Er schloss die Lider und legte den Kopf zurück.

Raven wusste, dass er ihm seinen Hals darbot, damit er es zu Ende bringen sollte, doch er konnte nicht. Sie waren einst die besten Freunde gewesen, als sie gemeinsam die Offizierslaufbahn eingeschlagen hatten, und es tat ihm noch heute leid, dass er Dane verstoßen hatte. *„Verflucht, ich sehe so gut aus, da würde sich sogar Neptun persönlich in mich verlieben!“*, dachte er. *„Dane konnte ja nicht anders!“* – und nein, er war kein bisschen eingebildet. Schließlich liefen ihm die Mädels reihenweise hinterher, aber noch bei keiner hatte er die vollkommene Erfüllung gefunden.

Auch Dane bot einen verdammt leckeren An-blick, wie er ihm so bereitwillig seinen Adamsapfel präsentierte, der nervös hüpfte. Er war schon immer ein hübscher Kerl und Frauenschwarm gewesen, doch hatte er sich im Gegensatz zu ihm nie etwas aus dem weib-lichen Geschlecht gemacht.

Während Raven an ihm vorbeiging, entwickelte seine Hand plötzlich ein Eigenleben. Mit den Fingerspitzen fuhr er dem englischen Offizier über den Hals.

Dieser zuckte zusammen und riss sofort die Augen

weit auf. „Elender Mistkerl!" Die zärtliche Berührung war wie ein Blitzschlag für ihn gewesen. Sofort stellte sich ein Ziehen in seinen Hoden ein. „Was soll das für ein merkwürdiges Verhör werden?"

„Ich habe mich für Folter entschieden!", grinste ihn Raven spitzbübisch an, worauf Danes Herz zu flattern anfing. *„Verdammter Pirat ... ich liebe dich noch immer."*

„Mal sehen, wie standhaft du bist!" Der Kapitän beugte sich hinab, um Dane über eine Brustwarze zu lecken. Sie schmeckte salzig. Sofort versteifte sich der kleine Knubbel. Neckisch biss er hinein.

Der Gefesselte stöhnte. Zum Glück war der Stuhl fest mit dem Boden verschraubt, so konnte er ihm nicht ausweichen. Raven verstand nicht, was gerade vorging, doch er wollte einfach nicht damit aufhören. Er nahm sich den anderen Nippel vor, mit dem er genauso verfuhr. Auf einmal überkam ihn das unbändige Verlangen, den Körper seines ehemaligen Freundes zu streicheln. Er wollte wissen, wie sich diese makellose Haut unter seinen Fingern anfühlte.

Dane atmete immer schwerer. Die Augen fest geschlossen, ließ er ihn gewähren. „Aye, das gefällt dir, alter Kamerad!"

Sein Gefangener knurrte hilflos und begann, an den Fesseln zu ziehen, doch das bewirkte nur, dass sich seine Muskeln anspannten. Ravens Hände glitten über das schwellende Fleisch, wobei ihm auffiel, dass er selbst schon die längste Zeit einen Steifen hatte. Auch der Platz in Danes Hose wurde deutlich enger, wie er erfreut bemerkte. Sofort streifte er das erigierte Glied durch den Stoff.

Dane öffnete schockiert die Augen. „Hör auf damit!",

befahl er atemlos. Es war erniedrigend, dass Raven auf so hinterhältige Weise mit seinen Gefühlen spielte. Wäre er nicht an den Stuhl gebunden, hätte er dem Piraten das hübsche Gesicht zertrümmert. Doch dieser starrte nur auf die Ausbuchtung in Danes Hose.

„Das muss wirklich unangenehm sein", meinte er, und zückte ein Messer.

Danes Herz setzte einen Schlag aus. *„Was hat er vor? Will er mich jetzt kastrieren?"* Raven setzte die kalte Klinge an seinem Knie an und begann, die Hosenbeine aufzuschneiden. Als die scharfe Spitze in einen Hoden piekste, verlor er die Beherrschung. „Du Schweinehund! Was soll das? Was willst du von mir?"

Raven gab ihm jedoch keine Antwort, sondern zog ihm den zerfetzten Stoff unter dem Hintern hervor. Nun saß Dane nackt und mit leicht geöffneten Schenkeln vor ihm. Sein Penis ragte dabei steil in die Höhe.

„Ob er auch so salzig schmeckt wie seine Nippel?" Noch bevor er den Gedanken richtig zu Ende geführt hatte, kniete er sich vor sein Opfer und leckte die ersten Lusttröpfchen von der purpurnen Spitze.

Raven hörte, wie Dane scharf die Luft einsog, wobei sein Glied zuckte. Der Pirat umschloss es fest mit einer Hand, mit der anderen streichelte er die prallen Hoden.

„Hör endlich auf!" Die Protestrufe des Gefangenen klangen immer erregter; er atmete noch heftiger. Der Kapitän sah, wie ihm in einem Rinnsaal Schweiß in den Bauchnabel lief, unter dem eine Spur heller Härchen zu dem Nest aus krausem Schamhaar führte, in das Raven jetzt seine Nase versenkte. *„Wie kann ein Mann dort nur so gut riechen?"*

Mittlerweile pochte sein eigener Schwanz beinahe

schmerzhaft und das Ziehen in den Hoden wurde unerträglich, so sehr sehnte er sich nach Erlösung. Dennoch konnte er nicht aufhören, an dem samtigen Schaft zu lecken, dessen Adern prall mit Blut gefüllt waren. Raven fuhr mit der Zunge über die feinen Verästelungen bis hinauf zur Eichel, die besonders ausgeprägt war, wie er fand. Anschließend versuchte er, den Schwanz so tief in seinem Rachen zu versenken wie möglich.

Der ganze Körper des Soldaten zitterte und seine Schenkel zuckten bei jedem Auf und Ab von Ravens Mund.

„Verfluchter Dreckskerl", klang Danes Stimme erstickt zu ihm herunter.

Als er kurz aufblickte, bemerkte er bestürzt, dass seinem alten Freund eine Träne über die Wange rollte. Obwohl sein Gesicht entrückt vor Zorn und Scham war, strahlte es dennoch eine ungeheure Attraktivität aus.

„Verdammt, ich bin wohl zu weit gegangen", dachte der Pirat schockiert. Plötzlich wurde ihm bewusst, dass es ihn ungemein erregte, den Körper eines Mannes zu liebkosen. Nein, *Danes* Körper zu liebkosen ...

Er umfasste die Wange des Offiziers und sein Daumen wischte die feuchte Spur weg. Dabei kam er mit dem Gesicht immer näher an das seines Feindes heran, bis sich ihre Nasen berührten.

Dane wagte kaum zu atmen. *„Warum tut er mir das an? Er ist grausamer als der Ruf, der ihm voraneilt."*

Zärtlich strichen Ravens Lippen über seine. Er spürte die Zunge des Kapitäns, die sacht über seinen Mund fuhr, um dann ungestüm in ihn einzudringen. Dabei hielt Raven seinen Kopf mit beiden Händen im Nacken fest.

Dane musste sich eingestehen, dass sein alter Freund

einfach köstlich schmeckte: nach Rum und Leidenschaft. *„Was ist nur in ihn gefahren? Er scheint ebenso erregt zu sein wie ich selbst."*

Ungestüm riss sich Raven die Hose vom Leib und setzte sich dann rittlings auf Danes Schoß, um ihn abermals zu küssen. Während sich ihre Ständer aneinander rieben, zerschnitt er mit der Klinge die Fesseln.

Der Offizier zögerte keine Sekunde. Obwohl er kurz vor dem Abspritzen war, entriss er dem Piraten die Waffe, schubste ihn von sich herunter und befreite auch seine Füße. Das Messer auf den schwarzhaarigen Mann gerichtet, ging er auf ihn los.

Raven hätte nicht damit gerechnet, dass Dane ihn angriff. *„Verflucht, ich habe einen Fehler gemacht!"*

Im Nu hatte der Engländer ihn überwältigt und auf das Bett geworfen. Schmerzhaft verdreht lag sein Arm auf dem Rücken, während Dane auf ihm saß und ihn festhielt.

„Was sollte das, verdammt?", zischte dieser ihm ins Ohr.

Das Pulsieren in Ravens Penis nahm weiter zu. Angenehm drückte er sich in die Matratze, während ihm Danes schwerer Körper alle Sinne raubte. Wie konnte ihn ein nackter Kerl nur so sehr erregen? Doch er wusste warum. Er hatte es schon immer gewusst. „Weil ich das Gleiche für dich empfinde, Blaurock!", presste er heraus. Und es stimmte. Er hatte Dane während ihrer Ausbildung ebenso sehr begehrt wie er ihn, doch damals war er einfach noch nicht so weit gewesen, sich das selbst einzugestehen. Das wurde ihm erst klar, als er seinem Jugendfreund heute wieder gegenüberstand. „Deswegen habe ich dich verschont, verflucht!"

Doch Danes Zorn schien ungebrochen. „Lügner!",

keuchte er ihm ins Ohr, während sich sein Glied hart gegen Ravens Hinterteil presste. „Ich werde dir deine Lügen schon austreiben, alter FREUND!"

Der Pirat hätte kämpfen können, doch er wollte erst abwarten, was Dane mit ihm vorhatte. Dieses Gefühl, einem anderen Mann ausgeliefert zu sein, erregte ihn über alle Maßen. Als ihm dann auch noch die Handgelenke am Bettpfosten festgebunden wurden, ließ er es einfach geschehen.

Er hörte, wie der Offizier sich in die Hand spuckte, und er wusste genau, worauf er den Speichel verteilte. Schon spürte er, wie sich etwas Hartes in ihn hineinbohrte.

Dane ging nicht gerade zimperlich mit ihm um, doch der anfängliche Schmerz und die unangenehme Dehnung verwandelten sich schnell in Lust. Ungewollt stöhnte Raven auf und drückte sich seinem Hintermann entgegen, bis er auf allen vieren kniete, so gut es mit den Fesseln eben ging. Der Penis schob sich noch tiefer in ihn, wo er einen Punkt traf, der Ravens Schwanz beinahe zur Explosion brachte.

Dane konnte kaum glauben, was gerade zwischen ihnen passierte. Wie oft er sich diese Szene schon in seinen Träumen ausgemalt hatte, vermochte er nicht einmal zu sagen. Der Pirat hatte ihn also nicht belogen.

Er umfasste Ravens Hüfte mit einer Hand, und ließ die andere über die ausgeprägten Muskelstränge seines Rückens gleiten. Ein paar alte Narben verunzierten die sonnengebräunte Haut, dennoch hatte er noch nie einen schöneren Männerkörper gesehen.

Dane beugte sich weit über ihn, bis er die Schulterblätter mit den Lippen berührte, und küsste die erhitzte Stelle. *„Weißt du, wie glücklich du mich machst?"* Seine

Stöße wurden sanfter.

„Kannst du nicht endlich meinen Schwanz anfassen?", forderte der Kapitän beinahe flehend.

Diesem Wunsch kam er natürlich sofort nach. Seine Hand tastete nach dem pochenden Glied, um es fest zu umschließen. Es fühlte sich verdammt lang und dick an. *„Ich kann es kaum erwarten, ihn in mir zu spüren"*, dachte sich Dane, während er mit gekonnten Auf- und Abwärtsbewegungen Ravens Erektion massierte.

Er drückte seinen Körper nach unten bis sie seitlich lagen, und kuschelte sich an den breiten Rücken. Seine Stöße gewannen wieder an Energie, wobei er den Nacken des Piraten küsste und seinen Penis rubbelte. Kurz darauf blitzten tausend Sterne vor seinen Augen auf, und der Saft seiner Lenden pumpte sich tief in Ravens Darm. Er hörte ihn aufschreien, laut und animalisch, bevor sich warmes Sperma über seine Finger ergoss.

Keuchend und erschöpft blieben sie eine Weile eng umschlungen liegen, bis Dane sich aus ihm löste und das Bett verließ. Er durchtrennte Ravens Lederfesseln und ging dann zur Fensterreihe, die sich über das ganze Heck erstreckte. Dort stützte er die Hände am Rahmen ab und legte die Stirn gegen die Scheibe. „Und ... wie geht es jetzt weiter?"

Plötzlich fühlte er starke Arme, die ihn umschlossen. Ravens Körper presste sich fest gegen seine Rückseite. „Einen Mann mit deinen Qualitäten kann ich jederzeit in meiner Crew gebrauchen", raunte er ihm ins Ohr, während seine Hände am Bauch des Soldaten hinunterwanderten.

Seufzend schüttelte er den Kopf. „Ich bin ein englischer Offizier. Wie stellst du dir das vor?"

Laszív rieb der Pirat sein bereits wieder halb erigiertes Glied über Danes Pobacken und umfasste besitzergreifend dessen Penis. „Das überlasse ich dir. Ich gebe dir einen Tag Bedenkzeit." Er ließ den jetzt voll entwickelten Ständer genüsslich zwischen seine Beine gleiten und massierte ihm mit der Eichel den Damm. Zufrieden hörte Raven seinen Freund aufstöhnen.

Er würde schon dafür sorgen, dass Dane zu keinem klaren Gedanken fähig war, und ganz sicher würde er ihn niemals wieder verlassen wollen ...

Feuer und Eis

von Nicole Henser

Leon lächelte erwartungsvoll, als er das Atelier betrat. Er war sehr gespannt, ob sich seine Vermutung bestätigen würde …

Am vergangenen Abend hatte der elegante Barkeeper hinter der polierten Kirschbaumtheke seiner Cocktailbar gestanden, als der Fotograf das Gespräch mit ihm suchte. Der nervös wirkende ältere Herr hatte erst die Katze aus dem Sack gelassen, nachdem der letzte Gast gegangen war.

So erfuhr der Grieche, dass er einen Partner für ein männliches Modell suchte. Das Ergebnis ihrer Zusammenarbeit sollten homoerotische Fotos mit Niveau für einen Kalender sein, der selbst in höchsten Kreisen sehr begehrt war. Zu seiner Person bemerkte der kleine Mann stolz, er sei so etwas wie der Helmut Newton der gehobenen Schwulenszene: „Reinhard Strauss!"

Leon war ziemlich verwundert gewesen, dass ihn jemand direkt auf seine sorgfältig verborgene Neigung ansprach. Aber der Name des Fotografen war ihm ein Begriff, und er kannte seine Arbeiten hinlänglich. Der Künstler hatte ein gutes Gespür für subtile Erotik, die genug zeigte, um der rechten Hand den Weg zu weisen, jedoch nie das Geschmackvolle verließ.

Es ehrte Leon, dass er in Strauss' Augen für solche Fotos geeignet war. Allerdings hatte es ihn brennend interessiert, wer sein Partner sein sollte, und wieso der Fotograf so zielstrebig auf ihn zugekommen war.

Die Antworten auf diese Fragen hatten ein Lächeln

über sein Gesicht huschen lassen. Das besagte Modell habe ihn in der Bar kennengelernt und deshalb vorgeschlagen. Er sei der ideale Gegenpol, weil der junge Mann blond und blauäugig war. Leon dagegen hatte schwarzes Haar und einen leicht südländischen Teint. Sie wären optisch ein perfektes Paar, hatte Strauss schwärmerisch bemerkt.

„Tommy Ullbrandsson!“, war es Leon durch den Kopf und gleich darauf in die Lenden geschossen. Der attraktive junge Schwede war ein Mitbewohner seines Arbeitskollegen Brian. Tommy war sein Gast gewesen, und er musste ihn ziemlich beeindruckt haben. Bei Leons Anblick war er verstummt und hatte zunächst einen Hustenanfall vorgeschützt, um die Fassung wiederzuerlangen.

Im Laufe des Gesprächs hatte Leon kurz die Hand auf Tommys Arm gelegt, und die Berührung seiner warmen Haut hatte ihn wie ein Blitz getroffen. Selbst jetzt, nachdem die Begegnung schon ein paar Wochen zurücklag, wurde der Mund des Griechen trocken bei dem Gedanken an den jungen Mann.

Aber leider konnte sich Leon ein Coming-out bei seinem Job nicht leisten. Der Chef de Bar war das Zugpferd der Cocktail-Lounge, er zog liebeshungrige Frauen an wie ein Magnet. Würde er sich öffentlich zu seiner Neigung bekennen, nähme sein berufliches Image schweren Schaden.

Auch Tommy konnte nicht wissen, dass er homosexuell war. Dafür war es Leon bestens bekannt, dass der junge Musiker es *war,* immerhin hatte er von Brian schon einige Anekdoten über den liebenswerten Chaoten gehört.

Leons Herz schlug einen Trommelwirbel, als er Tommy mit einer Tasse Kaffee in den Händen auf der breiten zotteligen Couch sitzen sah. Er hatte inständig gehofft, dass es sich bei seinem Mitstreiter um den schnuckeligen Schweden handeln würde. Für ihn würde er es in Kauf nehmen, einigen speziellen Gästen seine Homosexualität – und einiges mehr – zu enthüllen.

„Hallo, Tommy!", sagte er schmunzelnd und setzte sich neben ihn aufs Sofa. Dieser schluckte krampfhaft und brachte nur ein heiseres „Hej!" heraus. Dann bot er ihm wortlos eine Zigarette an.

Leon nahm ein Stäbchen und steckte es sich zwischen die Lippen. Er gab Tommy Feuer und schaute ihm dabei schonungslos in die Augen. Der junge Mann konnte seinen Blick nur hilflos erwidern. Er atmete zitternd den ersten Zug ein, wohl etwas zu tief, da er ihn heftig hustend wieder ausstieß.

„Irgendwie scheine ich dich immer dazu zu bringen, dass du einen Hustenanfall bekommst, wenn du mich siehst. Spricht das für mich, oder stellt es mich mit lästigen Viren auf eine Stufe?", bemerkte Leon amüsiert, während er seine eigene Zigarette anzündete.

Tommy war offensichtlich nicht in der Lage, seine Gefühle zu verstecken, schon allein deshalb hätte der Grieche ihn gern geküsst. Wie würde der golden schimmernde Adonis auf die zärtliche Begegnung ihrer Lippen reagieren? Diese Spekulation ließ seine Hose schmerzhaft spannen, und Tommy erging es nicht anders, wie ihm ein leicht indiskreter Blick verriet.

„Eine Erkältung habe ich gerade hinter mir. Wenn ich dich als Bazillus betrachtete, würde ich mich wohl kaum so freuen, dich zu sehen!" Der junge Schwede grinste verlegen, und schaute an sich herunter. Nur mit höchster Anstrengung konnte er seine Augen davon abhalten, sich an der beachtlichen Wölbung in der Bundfaltenhose seines Nebenmannes festzusaugen.

„Gott sei Dank, er ist also schwul!", dachte Tommy erleichtert. Er war sich nicht sicher gewesen.

„Hallo Leon, wie schön, dass Sie gekommen sind!" Strauss schlängelte sich zwischen die beiden und setzte sich auf das Plüschsofa. Er strahlte sie an, anscheinend fühlte er sich außergewöhnlich wohl neben ihnen, obwohl er häufig mit männlicher Schönheit zu tun hatte. Dadurch hatte er auch keine Scheu, sich mit einem süffisanten Grinsen die beiden einladenden Erektionen anzusehen.

„Ich sehe, Sie haben sich bereits warm gemacht! Wie wundervoll, es wird bestimmt ein sehr erotisches Shooting!" Er strahlte noch breiter und wandte sich dann an Leon: „Haben Sie die Hose mitgebracht, um die ich Sie gebeten hatte? Wie gesagt: Ich möchte diese umwerfenden Körper nur in einer Blue Jeans sehen!"

Leon grinste ebenfalls. „Natürlich. Ich komme direkt von der Arbeit, deshalb habe ich mich noch nicht umgezogen."

Der Künstler nickte begeistert. „Nur zu!"

Dann schaute er ihn auffordernd und erwartungsvoll an. „Etwas dagegen, wenn ich mich auch schon mal aufwärme?" Er griff zu seiner bereits vorbereiteten Kamera und bedeutete Leon, sich vor dem kleinen Kaffeetisch umzuziehen. „Schön langsam, bitte."

Zögernd kniff der Grieche die Augen zusammen und überlegte, ob er sich wirklich zu einer Stripeinlage hinreißen lassen wollte. Doch Tommys Anwesenheit bestärkte ihn darin, die Herausforderung anzunehmen.

Der junge Schwede klammerte sich nervös an seine Tasse, als Leon gemächlich aufstand und sich vor ihnen in Pose stellte. Der Barkeeper mit den edlen Gesichtszügen schenkte ihm ein träges Lächeln, und Tommys Adamsapfel tanzte aufgeregt. Während er Knopf für Knopf seines Hemdes öffnete, senkte sich Leons Blick tief in den seinen. Er machte ihm ganz klar, dass er sich nicht für die leise surrende Kamera auszog, sondern einzig und allein für ihn.

Als das Hemd zu Boden fiel und einen wohlproportionierten Oberkörper freilegte, entschlüpfte dem Schweden ein gequälter Seufzer, und er rutsche unbehaglich auf dem Sofa herum, weil ihm seine Jeans entschieden zu eng wurde.

Leons Hände glitten über seinen sanft ausgeprägten Waschbrettbauch, um dann an den Hosenbund zu greifen, der die schmalen Hüften umspannte. Er öffnete den Knopf und zog langsam den Reißverschluss herunter; die gespannte Hose klaffte sofort auf, doch dank seiner großen Hand, die den befreiten Körperteil umfasste, war nichts Verwerfliches zu sehen. Trotzdem schien sich die Kamera förmlich zu überschlagen, als der Stoff herabrutschte.

Dann schaute der Grieche Tommy mit einem schelmischen Glitzern in den Augen an und kehrte ihnen demonstrativ den Rücken zu, als er der Regel „keine Unterwäsche“ folgte. Der knackige Hintern nahm seinem Zuschauer fast den Atem, und er stöhnte leise.

Erst, als er die Jeans hochgezogen hatte, drehte sich Leon wieder um, und ließ sie dabei ungewollt an der Schwierigkeit, seine gesamte expandierte Männlichkeit zu verstauen, teilhaben. Er biss sich auf die Unterlippe, um ein Keuchen zu unterdrücken, nachdem er endlich den letzten Knopf geschlossen hatte. Ob es sich Leon nun eingestehen wollte oder nicht, aber zu wissen, dass Tommy ihm in atemlosem Staunen zusah, erregte ihn sehr.

„Strauss, keine Fotos von nackten Tatsachen, okay? Wenn bei dem kleinen Unfall mehr zu sehen war, als ich wollte, hätte ich gern die Negative!", sagte Leon rau. Tommys Gesichtsausdruck ließ zumindest vermuten, dass er den einen oder anderen Blick auf die widerspenstige Pracht geworfen hatte.

Der Fotograf befeuchtete aufgeregt seine Lippen, unschlüssig, ob er eine Debatte darüber anfangen sollte. Er hätte die Bilder gern für seine Privatsammlung genutzt. Es waren ihm einige sehr „künstlerische" Nahaufnahmen gelungen.

„Na gut, Sie können mir vertrauen. Ich werde sie in Ihrem Beisein vernichten", sagte er dann versöhnlich, um die weitere Session nicht zu gefährden. Nach dem, was Strauss gesehen hatte, war er umso heißer darauf, die geplanten Fotos zu schießen!

„So, Leon, nun stell dich hinter Tommy und ziehe ihm langsam das T-Shirt aus. Ich bevorzuge es, wenn meine Objekte sich bewegen, dann hat die Aufnahme mehr Dynamik", ordnete Strauss souverän an. Es war offensichtlich, dass der Fotograf nun in seinem Metier war – wie ein Fisch im Wasser.

Leon folgte seiner Anweisung nur zu gerne, Tommy war ihm schon die ganze Zeit viel zu weit weg gewesen. Er umrundete ihn lächelnd und glitt hinter ihn. Seine Hände legten sich an die Seiten des Schweden und bahnten sich ihren Weg unter die Kleidung, um endlich die zarte Haut zu berühren. Vorsichtig zog er ihn an sich, sodass sich das erigierte Glied sanft an seinen Allerwertesten schmiegte. Tommy erbebte unter Leons Fingerkuppen, er legte den Kopf in den Nacken und nahm den männlichen Duft des Griechen in sich auf. Dieser nutzte die Chance, in seine Unterlippe zu beißen, die er kurz mit den Lippen festhielt, um das Stöhnen aufzufangen.

Mit einer schnellen Bewegung befreite Leon ihn von dem Shirt und drückte den weichen Stoff genießerisch an die Nase. „Kann ich das behalten?", flüsterte er in Tommys Ohr und löste damit ein Beben aus, das durch den gesamten Körper des jungen Mannes lief. Er nickte und ergab sich den Händen, die zärtlich seinen Brustkorb hinabstreichelten, mit dem unaufhaltsamen Ziel unterhalb des Hosenbundes.

Als seine Hand auf Höhe des Bauchnabels war, rief Strauss: „Pause!" Wenn er die beiden jetzt nicht trennte, würde er eine Menge Aufnahmen für sein Privatarchiv bekommen, aber nur wenige, die zur Veröffentlichung geeignet waren. Es war sehr verführerisch, den Voyeur mit Kamera zu spielen, aber das war nicht der Grund ihres Zusammentreffens.

„Bitte setzt euch!" Der Fotograf dirigierte sie jeweils zu seiner Linken und Rechten auf das Sofa. Nachdenklich betrachtete Strauss die Männer, die sich schwer atmend niederließen. Wie konnte er die ungeheure erotische Anziehungskraft zwischen ihnen nutzen, ohne gleich einen Flächenbrand zu riskieren? Sollten sie sich aneinander abreagieren, damit sie beherrschbar wurden? Aber dann verlören sie vielleicht den Funkenflug, den jede ihrer

Berührungen auslöste, und das machte den besonderen Reiz der Fotoserie aus.

Okay, dann würde er eben den Raubtierdompteur spielen! Er sah es als künstlerische Herausforderung, das unterschwellige Knistern auf Zelluloid zu bannen – doch dabei durfte er seine beiden Darsteller nicht den „Point of no return" erreichen lassen.

Während Tommy Leon sehnsüchtige Blicke zuwarf, zog der Grieche ihn mit den Augen aus. Strauss hatte feine Antennen für die Machtverhältnisse in der sich anbahnenden Beziehung zwischen seinen Protagonisten, und er schlug sich mit dem Objektiv auf Leons Seite: Gemeinsam würden sie Tommy um den Verstand bringen!

„Leg dich auf die Lehne des Sofas!", kommandierte Strauss. „Leon, geh hinter ihn und deute eine Vereinigung an!" Zufrieden beobachtete er, wie sich die Figuren in seinem Spiel auf die befohlenen Positionen begaben. Er hatte beschlossen, direkt aufs Ganze zu gehen; die Reihenfolge der Aufnahmen konnte er später beliebig festlegen.

Tommy schmiegte sich auf die Rückenlehne und drückte dabei seinen Ständer in das weiche Polster. Er kam sich in dieser exponierten Stellung auf lustvolle Weise ausgeliefert vor und reckte Leon das Hinterteil entgegen.

Dieser schwang sich ebenfalls über den breiten Wulst und nahm zunächst den appetitlichen Jeanshintern in Augenschein, der sich so einladend vor ihm spreizte. Probehalber folgte er mit einem Finger der Hosennaht bis zu der warmen weichen Stelle, an der sich die Nähte trafen. Dort massierte er sanft Tommys Damm, bis er sich keuchend hin und her wand.

„Keine Vereinigung ohne Vorspiel“, flüsterte Leon rau, dann legte er die Hände an die Hüften des Schweden, um das Becken anzuheben. Die massive Beule in seiner Hose rutsche wie von selbst an die Stelle, die er gerade noch hingebungsvoll geknetet hatte. Als er während der Andeutung des Aktes mit der Reibung begann, stöhnten sie unisono auf.

Strauss ließ die Kamera surren, er wusste, dass er schon längst hätte stoppen sollen, doch das „Cut!“ wollte ihm einfach nicht über die trockenen Lippen kommen. Noch nie in seiner langen Laufbahn war ihm so ein Pärchen vor die Linse gekommen! Wow!

Nachdem der Fotograf das Kommando im letzten Moment förmlich herausgeschrien hatte, ließ Leon widerwillig von seinem Gespielen ab. Sie waren beide nicht mehr weit von der Erlösung entfernt gewesen, obwohl sie noch immer halbwegs angezogen waren. Tommy blieb liegen ohne sich zu rühren, er war Wachs in den Händen seines „Meisters“, und er würde den Weg mitgehen, bis Leon einen Haltepunkt setzte.

„Wohin soll diese merkwürdige Session führen?“, dachte dieser gerade. Als sein Puls wieder langsamer wurde, durchschaute er das perfide Spiel des „Helmut Newton der Schwulenszene“. Wollte er seinen Tommy derart demütigen? Ja, er würde ihn bis zum Äußersten reizen – aber das würden sie auch allein hinbekommen, es war nicht nötig, dabei einen alternden Möchtegernkünstler mit seiner „schießenden“ Kamera zu unterhalten.

„Cut!“, sagte Leon ruhig und begann seine Sachen einzupacken.

Ohne ein Wort des Protestes hatte Strauss die beiden ziehen lassen. Er schaute ihnen hinterher, wie sie Arm in Arm die Straße hinunterliefen, leidenschaftlichen Abenteuern entgegen. Der Fotograf räumte kurz sein Atelier auf und verzog sich mit dem Filmmaterial in die Dunkelkammer. Er hatte scharfe Bilder, die sogar zwei Kalender füllen könnten – und sein persönliches Vergnügen würde auch nicht zu kurz kommen.

Friends Forever

von Inka Loreen Minden

Wie paralysiert starre ich durch die Frontscheibe auf die Straße, ohne etwas von der Umgebung wahrzunehmen. Ich zittere immer noch am ganzen Körper. Wenn Steve nicht gekommen wäre, hätte mich Horace' Gang wahrscheinlich kastriert.

„Soll ich dich nicht doch besser ins Krankenhaus fahren?“, dringt Steves Stimme von der Fahrerseite zu mir herüber.

Ich kann ihm nicht in die Augen sehen. Jetzt, da er die Wahrheit über mich weiß, würde er sicher nicht mehr mein bester Freund sein wollen. „Ich will nur nach Hause.“

„Die Idee finde ich nicht so gut. Horace und seine Jungs könnten dir vielleicht noch einen Besuch abstatten. Heute Nacht kommst du zu mir. Du solltest jetzt nicht allein sein.“

Steve hat recht. Die Typen hätten meinen Wohnwagen im Nu aufgebrochen, und ich möchte nicht mal daran denken, was sie dann mit mir anstellen würden. Aber mit Steve will ich jetzt auch nicht zusammen sein. Es ist einfach alles zu peinlich.

Langsam senkt sich die Dämmerung über die Maisfelder und ich schließe meine Augen. Warum muss ich gerade in so einem Kaff wie Little Winning leben? In der Großstadt wäre mir das nicht passiert. Dort interessiert es niemanden, ob du schwul bist.

„Wo hast du die Waffe her?“, frage ich vorsichtig und deute auf die Smith & Wesson, die im Handschuhfach liegt.

„Dad“, meint er nur. „Er hat vergessen, seinen Schrank abzusperren.“

Vor meinem geistigen Auge lasse ich die Bilder der letzten Stunde Revue passieren. Ich weiß nicht, wie Horace herausgefunden hat, dass ich auf Männer stehe, aber plötzlich sind er und seine Gang über mich hergefallen, als ich in Wendys-Inn mein Abendessen eingenommen habe. Sie zerrten mich in ein Hinterzimmer und verschlossen die Tür.

„Widerliche Schwuchtel“, zischte Horace und spuckte mir ins Gesicht, bevor mich die fünf Halbstarken zu Boden drückten.

Sally, der Bedienung, verdanke ich es, dass es mich noch in einem Stück gibt. Sie rief sofort Steve an, und er kam mich da rausholen. Die irren Typen ritzten mir gerade mit einer scharfen Klinge das Wort „Homo“ quer über den Bauch und zogen mir die Hose herunter, als die Tür eingetreten wurde und mein Kumpel mit der Waffe im Rahmen stand. Ich werde wohl nie den Anblick vergessen, den er in diesem Moment bot: mit zornentbranntem Gesicht, aber tödlich ruhiger Stimme, knurrte er: „Nehmt eure dreckigen Pfoten von Ryan, oder ich schieße jedem von euch die Eier einzeln ab!“

Dabei hatte Horace zum ersten Schnitt in meinen Schwanz angesetzt, doch ich spürte es kaum. Vor Erleichterung fing ich an zu heulen und ich weiß gar nicht mehr, wie ich überhaupt aus dem Hinterzimmer rausgekommen bin. *„Was ist nur in sie gefahren?“* Ich kann es immer noch nicht glauben. *„Sie sind doch ... waren doch meine Kumpel.“*

Die ersten Sterne glitzern am Himmel, als Steve die

lange Auffahrt zur Villa nimmt. Mein Freund lebt in einer komplett anderen Welt als ich. Während ich mich mit Gelegenheitsjobs über Wasser halte und in einem Wohnwagenpark lebe, ist er schon in die High Society hineingeboren worden. Dennoch sind wir seit der Highschool die besten Freunde *„... gewesen"*, denke ich traurig.

Er parkt den Jeep direkt vor dem Haus. Ich folge ihm bis ins Badezimmer, wo er in einem Schränkchen herumwühlt, bis er eine Tube in der Hand hält.

„Zieh dein Hemd aus."

„Was?" Vor Schreck weiche ich einen Schritt zurück, doch ich stoße gegen das Waschbecken. Panisch stütze ich mich daran ab.

„Lass mal die Kratzer sehen, Ryan. Stell dich doch nicht so an!" Schon greift er nach dem Saum meines Shirts, doch ich schlage seine Hand weg. Steve steht dicht vor mir, so nah, dass ich sein Aftershave rieche und es in meinem Magen kribbelt. „Ich habe dich doch schon tausend Mal nackt gesehen!" Merkwürdig grinst er mich an. In meinem Bauch sucht ein Schmetterling verzweifelt nach einem Ausgang.

„Das war was anderes. Da hast du noch nicht gewusst, dass ..." Ich kann nicht weitersprechen. Plötzlich sitzt ein Kloß in meinem Hals.

„Dass du schwul bist?", meint er locker und sieht mir tief in die Augen. „Hey, du bist mein Freund, okay! Und das wirst du immer bleiben."

„Bitte sieh mich nicht so an!", denke ich. Ist mir früher schon aufgefallen, dass seine Iris tiefgrün ist, mit goldbraunen Sprenkeln? Noch während ich sein Gesicht studiere, zieht er mir das Hemd über den Kopf.

Mit erhitzten Wangen starre ich an ihm vorbei und

taxiere die Shampooflasche, die am Wannenrand steht, während seine Nase beinahe meinen Bauch berührt.

„Da hast du verdammtes Glück gehabt. Sind nur ein paar harmlose Ritzer."

Sein Atem auf meiner Haut bringt mich beinahe um den Verstand. Wenn Steve wüsste, dass ich schon seit der Schulzeit in ihn verliebt bin, würde er die Sache mit dem besten Freund bestimmt noch mal überdenken.

Ohne mich um meine Zustimmung zu bitten, beginnt er, die Creme zu verteilen. Ich versuche, an nichts zu denken, doch seine Berührungen sind wie Stromschläge. Der Verräter in meiner Hose beginnt sich mit Blut zu füllen. *„Verdammt, Steve! Lass es doch einfach!"*, flehe ich in Gedanken, doch mein Freund denkt nicht im Traum daran. Mit konzentrierter Hingabe massiert er die lindernde Salbe in meine Haut, und ich starre hinab auf seine Hände, die mich zärtlich berühren. Dabei entgeht mir nicht, dass sich ihm der Schritt meiner Hose immer weiter entgegenwölbt.

Sofort entziehe ich mich der Prozedur und eile in die Küche, wo ich mir ein Bier aufmache. Er kommt hinter mir her, als wäre alles so wie immer. „Hey Mann, gute Idee. So eins könnte ich jetzt auch vertragen!"

Er nimmt mir die Flasche einfach aus der Hand, macht ein paar große Schlucke und reicht sie mir wieder. Dabei wandert sein Blick über meine nackte Brust.

„Mein Dad ist noch zwei Wochen auf Geschäftsreise. Solange solltest du bei mir bleiben, dann hat sich Horace sicher wieder beruhigt. Wir machen's uns jetzt bei 'nem Film gemütlich. Was hältst du davon?"

Wie kann er nur so cool bleiben, nach allem, was heute passiert ist? Dennoch nicke ich. Aber zuvor werde ich mir noch ein frisches Hemd aus seinem Schrank holen. Noch nie kam ich mir so nackt vor.

Wenige Minuten später sitzen wir auf der Couch und gucken eine DVD. Doch von dem Film bekomme ich nicht das Geringste mit. Steve berührt mit seinem Knie ständig das meine, so dicht hat er sich neben mich gesetzt. *„Weiß er, was er mir damit antut?“* Mein Penis ist schon wieder guter Dinge.

„Wie geht's deinem Schwanz?“, meint er plötzlich.

„Wie bitte?“ Ich glaube, mich verhört zu haben. Sieht er etwa, dass ich einen Steifen habe? Schließlich habe ich mir ein Kissen auf den Schoß gelegt.

„Na, dieser Mistkerl hat dir dort doch einen Cut verpasst, oder?“

„Er hat es also gesehen.“ Vor Scham möchte ich in den Polstern versinken. „Es ist nichts.“

„Dennoch sollte ich mal nen Blick draufwerfen. Nicht, dass du mich später wegen unterlassener Hilfeleistung verklagst“, grinst er verschmitzt.

Mein Puls beschleunigt sich, ein leichter Anflug von Panik macht sich in mir breit. Unbewusst drückte ich das Kissen fester gegen meinen Schritt.

„Jetzt tu doch nicht so schüchtern! Ich hab ihn erst letzte Woche gesehen!“

„Nach dem Baseballspiel, unter der Dusche, ich weiß …“ Doch wenn er jetzt meinen Schwanz begutachtet, weiß er doch gleich, dass ich auf ihn stehe! In den letzten Monaten wurde es immer schwerer für mich, meine wahren Gefühle ihm gegenüber zu verstecken. *„Was soll's“*, denke ich betrübt. *„Irgendwann hätte er es sowieso herausgefunden. Besser jetzt als später. Dann habe ich es endlich hinter mir.“*

„Meine Güte, muss ich denn heute alles selber machen?“, mokiert er sich. Schon zieht er das Polster weg und nestelt an dem Reißverschluss meiner Jeans.

Mein Penis zuckt. Sobald die Hose offen ist, federt er ihm gutgelaunt entgegen.

Ich schließe meine Augen und lehne mich zurück. „Es tut mir leid, Steve“, hauche ich, den Tränen nahe.

„Für dieses exquisite Teil brauchst du dich doch nicht entschuldigen“, entgegnet er nur. Schon spüre ich, wie er den harten Schaft umfasst. Unwillkürlich schnappe ich nach Luft und blicke in meinen Schoß.

Er lässt zärtlich die Finger an meiner vollen Länge entlanggleiten. „Sieht gut aus. Ist nur ein kleiner Schnitt an der Wurzel. Schon am Verheilen.“

Dennoch pustet er auf die Stelle und fährt sacht mit dem Daumen darüber, was meinen ganzen Körper erzittern lässt.

„Es scheint auch noch alles zu funktionieren“, scherzt er. Als Steve zu mir aufsieht, meine ich, Verlangen in den dunklen Pupillen zu sehen, doch ich habe mich wohl getäuscht. Er steht auf. „Ich geh jetzt ins Bett. Gute Nacht, Ryan.“

„N-nacht“, entkommt es mir atemlos. Was sollte das gerade? Ich bin mehr als verwirrt. Und verdammt geil.

Minutenlang starre ich auf die flimmernde Mattscheibe, in Gedanken nur bei Steve. *„Ist das seine Art, mir zu zeigen, dass es ihm nichts ausmacht, dass ich schwul bin? Er geht verdammt locker mit dieser Erkenntnis um.“*

Ich weiß nicht, wie ich jetzt nach oben gehen kann, um mich zu ihm ins Bett zu legen. Unzählige Male habe ich schon bei ihm übernachtet, doch heute wünschte ich, ich könnte im Gästezimmer schlafen. Aber wenn ich das täte, würde er sich erst recht denken, dass ich es auf ihn abgesehen habe.

Also versuche ich Zeit zu schinden, und hoffe, dass er bereits tief schläft, wenn ich aus der Dusche komme. Am liebsten würde ich mir ja einen runterholen, so groß ist der Druck bereits – doch ich kann nicht. Nicht hier, in einem fremden Badezimmer.

Eine Stunde später krieche ich unter die Decke. Ich höre Steves gleichmäßige Atemzüge, worauf ich ein Stoßgebet zum Himmel schicke, dass er wirklich schläft. Der Mondschein, der durch die Balkontür fällt, taucht das Bett in ein blasses Licht. Deutlich nehme ich die Silhouette meines Freundes wahr. Er liegt auf dem Bauch. Die Decke ist ihm bis zu den Hüften heruntergerutscht und entblößt einen breiten Rücken. Vorsichtig ziehe ich das Laken bis zu seinen Schultern herauf. Dabei berühre ich bewusst seine Haut. Sie fühlt sich warm und weich an. Es kostet mich viel Beherrschung, nicht darüber zu streicheln.

Endlose Augenblicke später bin ich immer noch nicht eingeschlafen. Ständig sehe ich Horace vor mir, wie er sich über mich beugt, und mit der scharfen Klinge meine Haut ritzt. Und ich sehe Steve, dessen Gestalt den Türrahmen ausfüllt, als er mich retten kam. Unruhig wälze ich mich von einer Seite auf die andere.

„Mensch Ryan, du weckst ja noch die Toten auf", murmelt es an meinem Ohr.

Ich erstarre. Steve rückt zu mir unter die Decke und legt einen Arm um mich. Ich fühle seine nackte Haut auf meiner und sofort ist auch mein Penis hellwach. Mein Herzschlag beschleunigt sich, das Blut rauscht mir in den Ohren.

„Du bist hier in Sicherheit“, gähnt er, und plötzlich gleitet sein Bein über meines. Steve kuschelt sich wie selbstverständlich in meine Armbeuge. Zärtlich fahren seine Finger über meinen Bauch, umkreisen die Brustwarzen, die sich sofort zusammenziehen, und gleiten dann tiefer, in Richtung hyper-erogener Zone.

Sofort stoppe ich seine Hand. „Was wird das?“ Das Gefühl, meinen besten Freund so eng umschlungen in den Armen zu halten, ist überwältigend, dennoch verstehe ich nicht, was da gerade zwischen uns abläuft.

„Weißt du, ich habe schon lange vermutet, dass du schwul bist.“ Seine Stimme klingt nun kein bisschen mehr müde, dafür aber eine Spur rau. „Aber jetzt bin ich mir ja sicher.“

„Sag bloß, du bist auch ...“

„Das wollte ich gerade herausfinden.“

„Wie meinst du das?“ Will er mit mir spielen, mich verarschen?

Seine Hand liegt schon wieder auf meinem Bauch und wandert tiefer, in meine Shorts. Als er mein Glied umschließt, stöhne ich auf. „Du hattest doch bis jetzt immer Freundinnen!“

Zärtlich fährt sein Daumen über meine geschwollene Spitze, aus der schon die ersten Tröpfchen fließen. „Ja, schon. Doch als ich mich ausschließlich für schmalbrüstige Mädchen interessiert habe, und mich der Sex nur erfüllte, wenn ich sie von hinten nahm, dämmerte es mir langsam.“ Nach einer Pause setzt er noch hinzu: „Auf dem College war ich mal mit Marc zusammen.“

„Mit Marc Donovan?“, hauche ich nur, weil ich mich nicht daran erinnern kann, wann sich mal etwas besser angefühlt hat als Steves Hand auf meinem Schwanz.

„Mm hm." Er rückt noch näher, um an meiner Halsbeuge zu schnuppern.

Eifersucht steigt in mir auf. „Davon hast du mir nie erzählt!"

„Du hast mir auch nie erzählt, dass du auf mich stehst."

„Du weißt es?", flüstere ich in die Dunkelheit.

„Ja, aber erst seit Kurzem." Plötzlich fühle ich seine Zähne, die an meinem Ohrläppchen knabbern. „Du riechst gut."

Steve rutscht halb auf mich, streichelt dabei immer noch mein Glied, und beginnt, mit der Zunge über meine Lippen zu lecken.

„Wie hast du es herausgefunden?", möchte ich noch von ihm wissen, bevor ich keinen klaren Gedanken mehr fassen kann.

„Als wir das Wochenende beim Angeln waren. Du sprichst im Schlaf."

„So hat es vielleicht auch Horace herausgefunden ..." Doch Horace gleitet immer mehr ins Nirvana, als Steve die Zunge in mich schiebt. Mein Atem stockt. *„Himmel, wie gut er küssen kann!"* Und wie gut sein Aftershave riecht. Seine Wangen sind so weich ... er muss sich vor dem Schlafengehen noch einmal rasiert haben.

„Ich liebe dich, Steve. Bitte tu mir nicht weh, indem du meine Schwäche ausnutzt", wünsche ich mir.

Da rutscht er tiefer, küsst meinen Hals, meine Brust und neckt meine Nippel mit der Zunge. Dabei lässt er nie die Finger von meinem Penis, der bereits kurz vor dem Ausbruch steht.

Er leckt an meinem Bauchnabel vorbei und fährt die Spur feiner Haare hinab, die direkt in meine Hose führt. Ein Ruck – uns schon hängt sie an meinen Knien. Völlig entblößt liege ich im Mondschein, während mein Freund fasziniert meinen Schwanz anstarrt.

Ganz langsam senkt er die Lippen auf meine Eichel, um sie erst vorsichtig mit der Zunge anzustupsen, bevor er sie ganz in den Mund nimmt. „Das wollte ich schon lange machen", tönt es erstickt herauf, und mein Schaft gleitet tiefer in ihn hinein.

„Und wie lange ich mir das *schon gewünscht habe"*, denke ich.

Immer fordernder leckt und saugt er, gleitet an meiner ganzen Länge herab, um meine Hoden zu küssen, und ich vergehe fast vor Lust. Noch immer kann ich nicht glauben, was da gerade geschieht. Der Mann, in den ich schon seit Ewigkeiten verliebt bin, hat meinen Schwanz im Mund!

Ich höre ihn zwischen meinen Beinen stöhnen und sehe, wie er sich mit einer Hand der Pyjamahose entledigt, bevor er an seinem Penis zu reiben beginnt.

„Das kann ich doch machen!" Diese Worte sind mir viel zu schnell entwischt. Sofort steigt mir Hitze ins Gesicht, was mein Freund im Mondschein hoffentlich nicht sehen kann.

Mit funkelnden Augen kommt er wieder auf mich, und ich bereue beinahe, dass ich ihn von meinem Glied weggelockt habe.

Während er mich küsst und sich seine Härte auf meinen Bauch drückt, höre ich, dass er mit einer Hand im Nachtkästchen herumwühlt. Was hat er jetzt vor?

Als ich sehe, wie er ein Kondom und eine Tube herausholt, hauche ich misstrauisch: „Wieso hast du Gleitgel an deinem Bett?"

„Aus demselben Grund, weshalb die Mädchen nach

dem ersten Sex immer Schluss machten!“ Er grinst verträumt und zieht sich das Kondom über. Dann beginnt er, meinen faltigen Eingang mit dem Gel einzucremen.

Ich stelle meine Beine auf und öffne sie weit, damit er gut jede Stelle erreichen kann. Seine Finger sind warm und zärtlich, doch ich weiche ihnen aus, als er versucht, einen davon in mich zu schieben.

Mit der glitschigen Eichel kreist er um meine Öffnung. „Hast du schon mal?“

Ich nicke. Doch meine Erfahrungen in diesem Bereich waren kurz und schmerzvoll, deswegen beginne ich mich zu verkrampfen.

Steve überrascht mich jedoch. Er dringt mit einer Sanftheit in mich ein, die mir Schauer über den Körper jagt. Stück für Stück dehnt er die Rosette, bis sein Glied plötzlich in mich hineinflutscht. Diesmal fühle ich keinen Schmerz, nur einen sehr starken Druck, der meinen Penis mit noch mehr Blut füllt.

Steves konzentriertes Gesicht bringt mein Herz zum Schmelzen. *„Ich liebe dich so sehr! Bitte spiel nicht mit mir.“* Bis jetzt hat es noch kein Mann ernst mit mir gemeint.

Vorsichtig bewegt er sich in mir, wobei er mir einen runterholt. Ich blicke fasziniert auf seine große Gestalt zwischen meinen Schenkeln und freue mich, dass er so einfühlsam ist. Es dauert nicht lange, da spüre ich die ersten Zuckungen. „Steve …“, stöhne ich, und er rubbelt noch fester, intensiviert seine Stöße, bis wir beide explodieren wie ein Vulkan.

Während er sein Sperma entlädt, landet meins auf meinem Bauch, wo Steve es überall mit seiner Hand verschmiert. Genüsslich steckt er sich einen Finger in den

Mund, um die Spuren meiner Lust abzulecken. „Das wollte ich auch schon immer mal tun“, grinst er mich frech an, worauf ich wieder Herzflattern bekomme.

Kurze Zeit später stehen wir gemeinsam unter der Dusche.

„Das war gerade sehr schön mit dir!“ Steve verteilt eine großzügige Portion Seife auf meinem Oberkörper, um meine geschundene Haut vorsichtig von dem klebrigen Zeug zu befreien. Dabei kommt auch mein Penis nicht zu kurz. Wir waschen uns gegenseitig, als hätten wir es schon immer so gemacht. Somit heizt sich auch die Luft zwischen uns wieder auf. Unsere Schwänze sind bereits zu neuen Schandtaten bereit.

„Heißt das jetzt, wir sind zusammen? Also, ein Paar?“, frage ich hoffnungsvoll.

„Ich würde mich sehr gerne auf eine Beziehung mit dir einlassen, Ryan.“ Steve zieht mich unter den Wasserstrahl, wo er mich leidenschaftlich küsst. „Lass uns doch zwei Wochen durchs Land ziehen. Wir kuppeln deinen Wohnwagen an meinen Jeep und fahren einfach drauf los und sehen, was passiert.“

Das wäre so wundervoll, doch da ist die Angst, ihn zu verlieren. „Und was ist, wenn wir nach den zwei Wochen merken, dass wir nicht zusammenpassen?“

„Dann können wir immer noch Freunde bleiben, so, wie seit eh und je. Aber ich muss einfach raus aus diesem goldenen Käfig, will ein Abenteuer erleben!“ Während er das sagt, rubbelt er an meinem Schwanz. „Ich will mein Abenteuer mit *dir* erleben!“

Mein Hirn ist schon wieder zu keinem klaren Gedanken mehr fähig. Gerade würde ich in alles einwilligen, nur um noch einmal in den Genuss seiner Zärtlichkeiten zu kommen, doch einen kleinen Rest Verstand habe ich mir bewahrt. „Das sagst du so leicht. Du musst ja in den Semesterferien nicht arbeiten."

„Psst!" Sanft fährt er mit dem Daumen über meine Lippen. „Über Geld brauchen wir uns nicht den Kopf zerbrechen. Ich kenne den Code von Dads Safe."

„Er wird dir den Kopf abreißen, Steve! Ich weiß doch, wie cholerisch er sein kann", warne ich ihn ziemlich halbherzig, da mich seine massierenden Hände schon wieder bis kurz vor den Höhepunkt gebracht haben.

„Darüber mach ich mir jetzt keine Gedanken. Im Augenblick möchte ich nur eine schöne Zeit mit dir genießen", haucht er mir ins Ohr, bevor er auf die Knie geht und sich meinen Penis zwischen die Lippen schiebt.

„Ja, wir haben schon zu viel davon ungenutzt verschwendet", denke ich, als ich laut stöhnend mein Sperma in seinen Mund spritze.

Der Patient

von Nicole Henser

Oh no! Ich wusste es, er hat einen riesigen Schwanz! In den weißen Hosen, die er im Dienst trägt, lässt sich nicht allzu viel verstecken. Das OP-Team hat mal wieder geschlampt, der Katheter ist beim Umbetten herausgerutscht, und seine Schambehaarung nur zur Hälfte entfernt. Es ist wohl noch nicht bis zu den Kollegen durchgedrungen, dass sie *diesen* Patienten besonders zu behandeln haben – zumal er selbst zu den „Schlächtern" gehört.

Dr. Taylor liegt im besten Einzelzimmer auf der Privatstation: alles in sonnigen Pastellfarben, mit Flachbildfernseher und insgesamt einer gehobenen Ausstattung. Die Klinik lässt es sich etwas kosten, dass ihr vielversprechendster junger Chirurg einem Reh ausweichen musste.

Jetzt ist er mein Patient – das ist Folter! Dabei haben sie extra mich ausgewählt, weil die ganzen Krankenschwestern in ihn verliebt sind. Hat denn noch niemand bemerkt, dass ich ganz zappelig werde, wenn ich ihn bei der Visite begleite? Nein, wahrscheinlich nicht, denn es existiert schließlich nur, was sein *darf*.

Der Leistenbruch ist sofort operiert worden, ansonsten hat er eine leichte Kopfverletzung und eine zertrümmerte Kniescheibe. Na wunderbar, das heißt, dass er einige Zeit ans Bett gefesselt sein wird. Wenn ich mir die ungeahnten Möglichkeiten vorstelle …

Unbemerkt versetze ich mich in meine Lieblingsrolle: Ich

werde zum Doktor, der einen verführerischen Patienten vor sich liegen hat. Was steht auf dem Plan? Säubern, eine Intimrasur und das Legen eines Blasenzugangs.

Meine Vorstellung hilft mir, das innere Beben in den Griff zu bekommen. Ich wachse langsam in den neuen Status hinein und merke deutlich, wie sich mein Selbstbewusstsein festigt. Wäre es nicht ausgerechnet der Mann, der schon lange meine Träume nährt, würde sich sogar das leichte Gefühl von Macht einstellen.

Doch, als ich ihn betrachte, beginnt mein Herz wieder zu rasen. Dieser Mund, völlig entspannt und viel weicher, als er normalerweise erscheint. In seinen blonden Bartstoppeln brechen sich die ersten Sonnenstrahlen und lassen sie aufleuchten. Gleich darauf seinen ganzen Körper, nackt und in Gold getaucht.

Soll ich wieder in den imaginären Arztkittel schlüpfen? Eigentlich sind Rollenspiele viel prickelnder, wenn der beteiligte Partner reagieren kann. Es wäre wohl besser, wenn ich die unerwartete Nähe genieße, statt durch meinen Fantasietitel Distanz zu schaffen. So schnell kommt die Gelegenheit sicher nicht wieder.

Ich beginne damit, den Doc zu waschen. Zärtlich versuche ich, die Lichtpunkte auf seiner Haut mit dem Tuch einzufangen. Dann wandern meine Fingerspitzen über den Bauch, sie werden magisch angezogen vom Mittelpunkt meines Interesses – aber dazu komme ich später.

Vielleicht sollte ich erst mal den Katheter legen, damit mein Schützling nicht zum Springbrunnen wird, während er ohne Bewusstsein ist.

Himmel, ist er wach? Kaum habe ich sein Prachtstück berührt, pumpt es sich auf meiner Handfläche voll Blut.

Seine Erektion entfaltet sich zu einem traumhaften Riesen-Lolly, und ich würde sterben, wenn ich meine Lippen darumlegen dürfte. Allein bei diesem Gedanken beginnt mein Unterleib zu vibrieren. Seine Eichel ist schon prall gefüllt und fängt an zu glänzen. Mir läuft das Wasser im Mund zusammen, doch ich beobachte konzentriert sein Gesicht. Keine Anzeichen dafür, dass er bald zu sich kommt.

Jetzt stehe ich ziemlich dumm da mit meinem Katheter. Bei einem erigierten Glied braucht man ein viel kleineres Besteck – es sei denn, mein süßer Doc steht auf eine Harnröhrendehnung, aber es ist wohl kaum zu erwarten, dass er meine geheimen Vorlieben teilt.

Gemeinsam mit ein paar Gleichgesinnten habe ich eine bescheidene Hobbypraxis eingerichtet. Unser größter Stolz ist ein abgewetzter Urologenstuhl mit Beinschalen, wie man sie auch aus der Gynäkologie kennt. Wir haben eine große Auswahl an medizinischen Gerätschaften: ein Sortiment aus Chirurgenstahl, das die Untersuchung authentisch wirken lässt. Die neuste Anschaffung ist ein beleuchtetes Periskop, mit dem man tiefe Einblicke gewinnen kann.

Da ich der Einzige bin, der aus einem artverwandten Beruf kommt, bin ich meist der Praktizierende. Wie schade.

Einmal habe ich einen meiner Freunde angeleitet, wie er eine Harnröhrendehnung bei mir vornehmen kann, und es war sehr genussvoll, die immer größer werdenden Dilatatoren zu fühlen. Es hat allerdings ein wenig abgetörnt, dass ich dabei die Anweisungen geben musste. Die Illusion ist erst perfekt, wenn sich der „Patient" fallenlassen und sich in die Hände des Behandelnden begeben kann. Es gehört eine gehörige Portion Vertrauen dazu, sich hilflos festschnallen zu lassen, um für alle möglichen Spielchen zur Verfügung zu stehen.

Doch meinem Doc Taylor würde ich mich ohne Scheu hingeben, in einer Stellung, die ein müheloses Eindringen ermöglicht. Ja, es hat mit Unterwerfung zu tun. Zu gern würde ich ihm anbieten, mich für seine Befriedigung zu missbrauchen. Ich habe da auch Vergewaltigungsfantasien, die ich mit ihm ausleben möchte.

Bin ich krank? Oder habe ich nur einen außergewöhnlichen sexuellen Geschmack? Nicht, dass ich an einer Kuschel-Nummer kein Gefallen finden würde, aber solche Fetisch-Sessions sind schon das Tüpfelchen auf dem i.

Oh mein Gott! Ich habe wohl während meiner Träumereien die Erektion gestreichelt und gerieben. Das Glied des Doktors zuckt noch in meiner Hand, und sein ganzer Oberkörper ist mit Samen bespritzt. Ich muss ihn schnell abwaschen, bevor er wirklich wach wird!

Shit! Keine Möglichkeit mehr, das Unschuldslamm zu spielen …

„Wenn ich meine Schmerzen mal vergesse, hätte ich nicht erwartet, dass es so angenehm ist, aus einer Narkose aufzuwachen. Tust du das für alle deine Patienten, oder war das ein ganz besonderer Service für mich?"

Dr. Taylor mustert sein hochgelagertes Knie, betastet vorsichtig den Kopfverband und verzieht dann das Gesicht. Langsam dämmert es ihm: Das Reh, der Baum, dann der Aufprall. Er hofft, dass das blöde Vieh schon zu Gulasch verarbeitet worden ist!

Jans Wangen brennen. Verlegen wäscht er seine klebrige Hand in der Schüssel und vermeidet jeden Blickkontakt. „Ich möchte mich bei Ihnen entschuldigen“, flüstert er.

Nach einer Weile des Schweigens lacht der Doktor amüsiert auf: „Ich habe gehört, dass du dich während der Ausübung deines ungewöhnlichen Hobbys wesentlich professioneller benimmst. Da zittern dir auch nicht die Hände, wie bei unserer Visite.“

Mit großen Augen starrt Jan ihn an. Was weiß sein Schwarm noch über ihn? Hat er seine vermeintlichen Geheimnisse dick auf der Stirn stehen?

„Könnten Sie mir bitte ein Sedativum beschaffen, Herr *Kollege?*“, setzt Taylor grinsend einen drauf. Die Situation ist zu verführerisch! Der skandinavische Pfleger mit seinem niedlichen Akzent ist so süß!

Jan schießt förmlich aus dem Raum, und es dauert eine ganze Weile, bis er zurückkommt.

„Woher wissen Sie das alles über mich?“, fragt er schüchtern und stellte ein Tablett mit zwei weißen Tabletten und einem Wasserglas auf den Nachttisch.

Der Arzt mustert ihn eingehend und lässt seinen Blick lange auf der ausgebeulten weißen Hose ruhen. Bevor er antwortet, schluckt er in aller Seelenruhe sein Schmerzmittel. Er genießt es, den Hübschen ein wenig zappeln zu lassen.

„Ich habe über dich recherchiert. Ein Bauarbeiter hat mir schenkelklopfend erzählt, dass du dir den alten Untersuchungsstuhl unter den Nagel gerissen hast, als die Urologie renoviert wurde. Das hat mich neugierig gemacht“, erklärt er dann feixend. Er lässt es bewusst im Unklaren, warum er den jungen Mann sonst noch interessant findet.

„Auf welcher Seite des Stuhls bist du zu finden?“, fragt der Doktor sehr direkt. Das Gespräch bekommt langsam Züge eines Verhörs. Sein Glied richtet sich wieder auf, als wäre es begierig zu zeigen, dass ihm bei dem Unfall nichts geschehen ist.

Jan kann die Augen nicht von dem Ständer abwenden. „Normalerweise sitze ich davor“, sagt er leise.

„Wie wäre es, wenn du im Stuhl mit Gurten fixiert wärst?“, kommt es wie aus der Pistole geschossen von dem Doc.

Nur zögernd hebt Jan den Blick, um in das gespannte Gesicht seines Gegenübers zu schauen.

Ist das der Beginn einer Erpressung? Sein „Patient“ hat einiges in der Hand, um ihm seinen Willen aufzuzwingen, und er scheint das zu wissen. Obwohl ihm das eigentlich nicht behagt, laufen die Fantasien wie ein Film vor seinem geistigen Auge ab, und er bekommt einen trockenen Mund.

„Wenn Sie das gerne so hätten …“, haucht er.

„Ja!“, sagt der Arzt streng, und Jan könnte das spöttische Funkeln in seinen Augen sehen, wenn er es wagen würde, ihn anzuschauen. „Aber vorher sorgst du dafür, dass ich gesund werde! Dann zeigst du mir deine Praxis!“

Als Jan das Krankenzimmer verlässt, leckt er sich genüsslich über die Lippen. Er ist überglücklich und verliebt bis über beide Ohren. Sein Wunsch ist in Erfüllung gegangen, er hat den Auftrag im Gepäck, seinen Schutzbefohlenen bei jeder sich bietenden Gelegenheit oral zu verwöhnen. Außerdem soll er einen Harnröhrenvibrator besorgen, den sein neuer „Chefarzt“ unbedingt ausprobieren will …

Herr der Hiebe

von Inka Loreen Minden

Raoul saß auf dem Dach eines Hauses, das an den Parc Monceau angrenzte, und fokusierte den Rasen. Dort unten lag Nicholas – der Vampir, den er gerade eine Stunde lang durch Paris gejagt hatte.

„Du kannst mir nicht entkommen, Nick. Jetzt bist du fällig!“, dachte sich der Dämon, wobei er die Lungen mit kühler Luft füllte. Er beobachtete den großen Mann, der sich schwer atmend von der Hetzjagd ausruhte. Hastig blickte dieser sich immer wieder um; einmal schien er direkt in Raouls Richtung zu starren, doch anscheinend hatte er ihn nicht gesehen.

Plötzlich fing er an, sich zu entkleiden.

„Was hat er denn jetzt vor?“, murmelte Raoul verwundert. *„Opfert er sich lieber der Sonne als meine Bestrafung entgegenzunehmen? Fürchtet er sich so sehr?“*

Morgennebel kroch in wabernden Schwaden durch den Park, und die ersten Vögel begrüßten mit ihrem Gezwitscher den herannahenden Tag. In wenigen Minuten würde sich die Sonne über die Hausdächer schieben und den Vampir vernichten.

„Oh nein, Nicholas, du gehörst mir!“ Raoul sprang vom Dach und segelte über die Bäume. Lautlos kam er im feuchten Gras auf und schlich auf den Vampir zu, der ihn nicht zu bemerken schien. Die Jagd hatte wohl auch an seinen Kräften gezehrt. Immer noch heftig atmend und alle Glieder von sich gestreckt wie ein X, erwartete er den Tod.

Da setzte der Dämon zum Sprung an und landete auf

dem nackten Mann. „Wie ich sehe, hast du dich schon bereit gemacht, mein Hübscher!“, grinste er maliziös. „Das gefällt mir!“ Er hielt Nick die Arme über dem Kopf zusammen und leckte ihm lasziv über die Lippen.

Der Vampir knurrte, wobei er versuchte, sich zu wehren, doch der Dämon war stärker. „Ein so wildes Tier gehört in Ketten gelegt!“ Tief blickte er in Nicholas’ katzenhafte Augen, die ihn ängstlich anstarrten. „Oh ja, du warst ein sehr böser Junge! Du hast allen Grund, dich vor mir zu fürchten!“

Plötzlich brachten die ersten Sonnenstrahlen den Tau auf den Grashalmen zum Glitzern. Der Vampir wand sich unter Raoul, als würde er Schmerzen leiden, und zischte: „Fahr zur Hölle, Dämon!“

Sofort breitete dieser seinen dunklen Mantel über sie beide aus, sodass die Sonne Nick nichts anhaben konnte. „Nur mit dir“, hauchte er seinem Opfer ins Gesicht. „Ab geht’s in die Unterwelt. Dort werde ich dich zähmen, mein stolzer Panther!“

Der Dämon zwinkerte, sie dematerialisierten sich und schon tauchten sie in einer Art Verlies wieder auf. Die brennenden Fackeln, die ringsherum in der Felswand steckten, erhellten zahlreiche Folterinstrumente: ein Andreaskreuz, Streckbänke, Käfige, Haken und Seile, wohin das Auge blickte. Und noch bevor Nicholas wusste, was mit ihm geschah, fand er sich mitten im Raum an ein rahmenartiges Gestell gebunden, die Arme nach oben gezogen und die Beine weit gespreizt.

„Ich hoffe, du stehst bequem“, säuselte Raoul, dem der hilflose Anblick des Vampirs das Blut in den Schwanz trieb. Nicholas vereinte alle Eigenschaften, die er an einem Mann attraktiv fand. Langsam ließ er den Blick an den langen Beinen hinaufwandern, die mit einem leichten Haarflaum bedeckt waren. Zwischen den muskulösen Schenkeln hing das Glied des Vampirs, und, obwohl nicht erigiert, war es außerordentlich lang. *„Ein richtiges Prachtexemplar!"* Dem Dämon wurde es langsam eng in der Hose.

Weiter wanderten seine Augen nach oben über den flachen Bauch und eine unbehaarte Brust bis zu dem interessanten Gesicht mit Grübchen im Kinn. „Du bist ein verdammt hübscher Kerl, Nicholas. Nur leider kennst du keinen Gehorsam. Du hast wohl vergessen, dass *ich* der Herrscher über diesen Stadtteil bin, und jeder, der sich meinen Gesetzen nicht beugt, dem muss ich sie mit Gewalt einbläuen!"

Trotzig blickte der Vampir durch die Haarsträhnen, die ihm wirr vor die Augen fielen. „Ich werde mich dir niemals unterwerfen, Dämon!"

Überheblich lächelnd meinte dieser: „Das sagst du jetzt. Doch am Ende kriechen sie alle vor mir!" Nachdem er mit den Fingern geschnippt hatte, hielt er plötzlich eine Peitsche in der Hand. „Die neunschwänzige Katze hat da schon wahre Wunder vollbracht!"

Er holte aus, um das Leder bedrohlich in der Luft knallen zu lassen, doch Nicholas zuckte nicht einmal mit der Wimper. Stattdessen bemerkte Raoul, wie sich das Glied des Vampirs langsam aufrichtete. „Da weiß jemand, was ihn erwartet!", rief er erfreut aus. Schon sausten die Riemen auf einen Oberschenkel und hinterließen feine Spuren auf der Haut.

Dieser Schlag hatte nicht besonders wehgetan, doch Nicholas wusste, dass das erst der Anfang war. Der zweite

Hieb saß besser. Der Dämon hatte die feine Haut in der Kniekehle getroffen. Seine Atmung beschleunigte sich deutlich, doch er ließ sich den Schmerz nicht anmerken.

Raoul ließ ein dunkles Lachen hören, das seinem markanten Gesicht ein unheimliches, aber überaus anziehendes Aussehen verlieh. Die grünen Augen funkelten lustvoll. „Tapfer, tapfer, Blutsauger. Mal sehen, ob du immer noch so gelassen reagierst, wenn ich dir das Kätzchen über die Eier ziehe!"

Bei diesen Worten versteifte sich Nicks Körper, worauf er zischte: „Das wagst du nicht!"

Langsam ging sein Peiniger um das Gestell herum, an dem er hing, und griff ihm dann von hinten zwischen die Beine. Er stöhnte auf, als dieser Teufel seine prallen Bälle leicht drückte. Es erregte Nicholas ungemein, diesem Kerl so hilflos ausgeliefert zu sein. Am ganzen Körper zitternd spürte er, wie sich ein Finger des Dämons kurz in seinen After bohrte. Zu gerne wollte er sich ihm entgegendrücken, doch dazu war sein Körper zu weit gestreckt.

Raoul lachte leise. Dann holte er weit aus, um dem Vampir von hinten zwischen die Schenkel zu schlagen.

Schmerzhaft zogen sich dessen Hoden zusammen. Dieser Schlag hatte gesessen! Sofort ließ er sich in die Seile fallen, wobei er gequält aufstöhnte: „Verfluchte Sch..."

Bevor er zu Ende sprechen konnte, traf ihn ein weiterer Streich auf den empfindlichen Hautsack. „Na, keine Kraftausdrücke!", schalt ihn Raoul.

Nick knurrte: „Ich reiß dich in Stücke, Mistkerl!"

Sich die trockenen Lippen leckend, ging der Dämon wieder um sein Opfer herum. Er bewunderte sowohl die Körperbeherrschung des Vampirs als auch sein exzellentes Äußeres. Die Muskeln bis zum Zerreißen gespannt, gab er ein verdammt leckeres Bild ab.

„Wenn schon, dann heißt das ‚Ich reiße dich in Stücke, HERR!'" Abermals knallte die Peitsche auf das helle Fleisch. Diesmal traf ein Riemen die Spitze des Gliedes, das wie verrückt zuckte und sich daraufhin dunkelrot verfärbte.

Schweiß stand auf Nicks Stirn, seine schnelle Atmung ging in ein Keuchen über. „Ich werde niemals vor dir kriechen!", spie er dem Dämon entgegen, die Zähne fest zusammengepresst.

„Dann muss ich wohl zu härteren Mitteln greifen." Wieder schnappte er mit den Fingern, doch dieses Mal tauchte ein gläserner Analplug auf.

„Ein selten schönes Stück", hauchte er, selbst hocherregt, als er das grüne Glas vor Nicks Augen in den Mund gleiten ließ. Laszív ließ er die Zunge darauf spielen, um reichlich Speichel auf dem Plug zu verteilen. Anschließend gab er etwas Seil nach, und der Vampir geriet unweigerlich in eine nach vorne gebeugte Haltung, das Gesäß in die Luft gereckt.

Raoul stellte sich wieder hinter ihn, zog die Pobacken weit auseinander und leckte einmal durch Nicks Ritze.

Diese Berührung ließ Nicholas erbeben. Er fühlte die raue, schlangenartige Zunge des Dämons über seinen Damm wandern. Sie kitzelte die Hoden, kroch nach vorne über den Schaft, zog sich wieder zurück und glitt in seinen Anus hinein. Sein Glied zuckte ob der Lust, die ihm der Furcht einflößende Mann verschaffte. Als sich die Zunge wieder zurückzog, knurrte er enttäuscht auf.

„Ich habe hier was für dich, das wird dich besser ausfüllen“, hauchte ihm Raoul in die feuchte Spalte. Schon spürte Nick das kühle Glas, das ohne großen Widerstand in ihn hineinglitt und einen Punkt traf, der ihn beinahe zum Abspritzen brachte.

Der Dämon schien das zu bemerkten. „Du wirst dich schön beherrschen, oder ich bringe diese wundervollen Brustklammern an!“

Raoul ging um sein Opfer herum, das ihm abfällige Blicke zuwarf, und bewunderte sein Werk. Nicholas’ Kopf hing so tief, dass er beinahe sein eigenes Glied mit dem Gesicht berührte. Forsch griff ihm der Dämon in das dichte Haar, um den Kopf nach oben zu ziehen, was gar nicht so einfach war, denn die Arme des Untoten wurden hinter dem Rücken oben gehalten. „Sieh mich gefälligst an, oder hat dich der Mut verlassen?!“

„Wenn ich von hier loskomme, dann werde ich ... argh!“ Raoul hatte die Hose geöffnet, und dem Vampir sein Glied in den Mund geschoben. Erregt ließ er es tiefer in den Rachen gleiten, bis Nick zu würgen begann.

Der Dämon fühlte einen schmerzhaften Stich und zog sich sofort zurück. „Du wagst es, mich zu beißen! Na warte, jetzt wirst du erleben, wozu ich wirklich fähig bin!“

Raoul vollführte ein paar seltsame Handbewegungen, worauf Nicholas wieder in die X-Position gezogen wurde. Anschließend drehte dieser sich mit dem ganzen Gestell um die Mittelachse, sodass er jetzt horizontal in der Luft hing.

Nick fühlte sich, als ob er gleich gevierteilt würde, so sehr zog ihn sein eigenes Gewicht nach unten. Schmerzhaft schnitten die Fesseln in seine Gelenke. Er nutzte den Vorteil, ein Vampir zu sein, und brachte sich in die Schwebe. Sofort entspannte er sich, obwohl es ihn ein wenig anstrengte, in dieser Lage zu verweilen.

Raoul hatte sich zwischenzeitlich entkleidet und positionierte sich jetzt über ihm, die Beine rechts und links neben seinem Bauch auf den Boden gestemmt. „Dann werde ich den wilden Hengst eben einreiten, bis er mir hörig ist!“, grinste er.

In Nicks Magen begann es zu flattern. *„Teufel noch mal, sieht dieser Bastard gut aus, wenn er mal nicht so finster dreinschaut!“* Doch bevor er noch weitere Gedanken an seinen Peiniger verschwenden konnte, hatte ihm dieser schon an je einen Nippel eine Brustklemme angesetzt, die mit einer Kette verbunden waren. Nick keuchte erstickt auf. *„Verdammt, sind das Schmerzen!“* Den Analplug spürte er daraufhin kaum noch.

Der Dämon ließ wieder sein dunkles Lachen hören und zog an der Kette. „Schön brav, mein Pferdchen!“ Mit einer Hand griff er hinter seinen Rücken und umschloss den mächtigen Phallus des Vampirs. *„Was für ein Kaliber!“* Zielsicher führte er ihn an seine Rosette. Nur widerwillig gab der runzelige Eingang nach. Raoul genoss den Dehnungsschmerz und stöhnte hemmungslos, bis er das Glied zur Hälfte im Anus versenkt hatte. Zufrieden beobachtete er, wie Nick erregt den Kopf zurückwarf.

„Wehe, du kommst!“, warnte er den Untoten, während er sich selbst über den prallen Ständer rieb.

„Ich kann nicht mehr, Raoul!“

Sofort zog dieser an der Kette. „Du wirst dich beherrschen! Wenn du in meinen Arsch spritzt, dann reiß ich dir

jedes Sackhaar einzeln raus!"
„Das machst du ni... Aah!"
Abermals hatte der Dämon an der Kette gezogen. Er genoss es, Nick so in der Gewalt zu haben, und begann einen langsamen Ritt, wobei er genau das Gesicht des Vampirs studierte. Immer, wenn dieser kurz vor dem Abspritzen zu sein schien, hielt er inne und zog an der Kette.

„Warum bist du so brutal zu mir?" Vor Nicholas' Augen tanzten Sterne. Nicht nur sein Körper befand sich in einem Schwebezustand, auch sein Geist. Die Welt um ihn herum hatte sich aufgelöst – er selbst bestand nur noch aus Gefühlen. Er spürte, wie der Analplug seine Prostata reizte, und die Enge von Raouls After, der mit jedem Auf und Ab seinen Schwanz gnadenlos massierte. In seinen Hoden kochte das Sperma bereits, und der Druck in den Lenden war unerträglich, doch die Brustklemmen brachten ihn jedes Mal ein wenig auf den Boden zurück. Immer, wenn der Dämon an ihnen zog, glaubte er, die Nippel würden ihm gleich abgerissen. „Ich kann nicht mehr!", hörte er sich flehen. „Bitte lass mich kommen!"
Sichtlich erstaunt hielt Raoul über ihm inne. „Hab ich da tatsächlich ein ‚Bitte' gehört? Aus deinem Mund?"
„Ja, verdammt!", knurrte Nick, die Lider vor Scham zusammengepresst. „Bitte lass mich endlich kommen!"
Der Dämon zog wieder an der Kette. „HERR!", setzte der Vampir schnell nach.
Beinahe zärtlich strich ihm sein Folterknecht über die glühenden Wangen. „Das ging ja schneller als ich dachte."
Nick wandte den Kopf ab und starrte das Gestell an. Er spürte, wie sich Raoul von ihm löste, und den Rahmen in

die Senkrechte brachte, bis seine Füße wieder den Boden berührten. Jetzt wollte er nur noch Erlösung und zwar möglichst schnell, wobei er alles dafür tun würde, was der Dämon von ihm verlangte.

Sein Kopf wurde wieder herabgesenkt, bis er vor Raouls Lenden hing. „Soll ich Euch mit dem Mund erfreuen, Herr?", fragte Nick kleinlaut.

Raoul kraulte sein Haar und drückte Nicholas' Gesicht gegen sein Glied. „Wehe, du beißt wieder, mein widerspenstiger Blutsauger!"

Gehorsam leckte er die salzige Feuchte von der Penisspitze, bevor er ihn ganz in den Mund nahm. „Mmm, das machst du gut", stöhnte der Dämon über ihm. „Aber ich denke, ich entscheide mich für dein anderes Loch."

Enttäuscht keuchte Nicholas auf.

„Keine Sorge, mein Freund, für dich habe ich heute einen ganz speziellen Gast eingeladen. SATYR!", rief Raoul, worauf sich vor ihren Augen ein kleiner Mann von ungeschlachter Gestalt materialisierte. „Nolan, du wollüstiges Wesen, du wirst Nicholas zu Diensten sein."

„Wie Ihr wünscht, Herr!" Das kräftige Männlein, das außer einem Lendenschurz nichts am Leibe trug, schlackerte kurz mit den spitzen Ohren und leckte sich anschließend über die Lippen. Dann saugte es sich am Glied des Vampirs fest.

Nicholas bekam nun kaum mehr mit, was um ihn herum geschah. Er spürte nur noch, wie Raoul ihm den Analplug aus dem Darm zog, um sein eigenes Glied darin zu versenken, bevor die Welt explodierte. Immer wieder entlud er sich in den gierigen Mund des Satyrs, während der Dämon gnadenlos gegen seine Prostata stieß, was den Höhepunkt nie enden lassen wollte. Als er seinen letzten

Samen herausschleuderte und merkte, wie Raoul ihn mit seiner Wärme ausfüllte, wurde ihm schwarz vor Augen.

Raoul öffnete die Verschnürungen, worauf Nicholas erschöpft in seine Arme sank. Der Dämon hielt ihn fest umschlungen und küsste ihn auf die verschwitzte Stirn. „Ich bring dich jetzt nach Hause."

Beide lösten sich in Luft auf. Kurze Zeit später sanken sie an einem anderen Ort in ein weiches Bett.

„Das nächste Mal bin ich wieder der Dom", murmelte Nick an den Hals seines Freundes.

Sanft strich ihm Raoul eine Strähne aus dem Gesicht. „Ich hatte echt einen Moment Angst um dich, du verrückter Blutsauger."

Nicholas öffnete die Lider einen Spalt weit und gähnte herzhaft. „Wann denn?"

„Als du dir ein Sonnenbad gönnen wolltest."

Nick lächelte. „Ich hab doch gewusst, dass du in der Nähe bist und auf mich aufpasst." Die Augen fielen ihm wieder zu. Er legte einen Arm um Raoul und kuschelte sich in dessen Armbeuge.

Gedankenverloren kraulte dieser seinen Rücken. „Du hast verdammt viel Vertrauen in mich, Nick."

„Ja, weil ich dich über alles liebe", brummte der Vampir an die Brust des Dämons, bevor er langsam eindöste.

Die Gefängnishure

von Nicole Henser

Harry grinste, als sein neuer Zellengenosse zögernd die komfortable Ein-Zimmer-Suite betrat, die immerhin neben dem Stockbett noch über eine kleine Sitzecke, einen Spind und den offenen Sanitärbereich verfügte. Was für ein Luxus auf engstem Raum!

„Komm rein, Kleiner, ich beiße nicht", knurrte Harry und musterte den Neuankömmling interessiert. Er streckte sich auf seinem Bett aus und beobachtete, wie der junge Mann sich häuslich einrichtete.

„Ich heiße George", sagte der etwas schüchterne Mitbewohner und reichte ihm die Hand. Gemächlich setzte sich Harry in dem oberen Bett auf und streckte seine langen Glieder, dann sprang er geschmeidig herunter und ergriff die Hand.

„Man nennt mich Harry", antwortete er und schaute George tief in die Augen. Es flatterte in seinem Bauch, darum grinste er und fragte: „Soll ich dir die Geschichte erzählen, wie es dazu kam, dass ich Jimmy Malone fast geheiratet hätte?"

Der neue Häftling starrte ihn verdutzt an und nickte dann mechanisch. Sein Zellengenosse war riesig und bepackt mit wohlproportionierten Muskeln. Der Mann sah nicht aus, als würde er es schätzen, wenn sein Angebot ausgeschlagen wurde.

Erfreut schwang sich Harry auf Georges Bett und setzte sich bequem hin, dann klopfte er neben sich auf die Matratze.

„Komm schon Georgie, das untere Lager ist für einige

Dinge einfach besser geeignet, hock dich zu mir!“

Als George sich zaghaft auf den Rand setzte, ergriff ihn Harry kurzerhand und platzierte ihn neben sich. Besitzergreifend legte er den Arm um seine Schultern.

„Weißt du, Jimmy Malones Leben fing damit an, dass er als Ire im italienischen Viertel aufwuchs, was *wirklich* schon kein gutes Omen war“, begann er seine Geschichte mit tiefer Stimme, die seinem Mithäftling einen Schauer über den Rücken trieb. George war umgeben von Harrys intensivem Duft, und er hätte am liebsten geseufzt, als ihm dieser neckisch in eine Brustwarze kniff.

Während er weitererzählte, richtete sich Harrys Blick in die Ferne, als spulten sich die Begebenheiten aus der Vergangenheit wie ein Film vor seinem geistigen Auge ab: „Er hatte etwas Sanftes an sich, genau wie du, Georgie. Ein hübscher Bursche! Weißt du, was im Knast mit den sensiblen Schönheiten passiert?“

Harry wandte sich kurz zu ihm, und ihre Lippen berührten sich beinahe, wie George erschreckt auffiel. Bei der Frage drehte sich sein Magen um, es kostete ihn große Selbstbeherrschung, nicht wie von der Tarantel gestochen von der Matratze zu springen.

„Jaaaa, du weißt es“, stellte Harry schmunzelnd fest. „Darum war Jimmy bereits zur Gefängnishure abgerutscht, als ich zu ihm in den Bau kam. Ich war was das anging, noch recht naiv, darum habe ich erst nichts davon bemerkt, dass er während unserer Freigänge auf dem Gefängnisgelände ständig verschwand. Meist tauchte er dann mit gestelztem Gang aus irgendeiner dunklen Ecke auf, aus der man Gelächter hörte.“

Er schaute George an, der etwas blass geworden war. Harry bewunderte die Ähnlichkeit seiner Augen mit denen von Jimmy. Der Süße fehlte ihm, verdammt!

Bevor er weitersprach, musste er sich räuspern: „So richtig verstanden habe ich es erst, als ich zum Arbeitsdienst auf der Krankenstation eingeteilt war. Jimmy wurde von den Brüdern übel zugerichtet, und ich durfte seine Wunden versorgen. Als er wieder in unserer Zelle war, habe ich ihn gesund gepflegt."

Wie selbstverständlich knöpfte Harry Georges Anstaltsjacke auf und streichelte die zarte Haut. „Er hatte auch so einen samtigen Körper, Georgie. Während ich ihn in meiner Obhut hatte, habe ich seine Reize erkundet."

Seine Hand wanderte über den Oberschenkel des jungen Häftlings und liebkoste das verheißungsvolle Paket zwischen seinen Beinen. George sog scharf die Luft ein, doch sein Penis reagierte sofort auf die Berührung.

„Oh, du erinnerst mich sehr an Jimmy!", stöhnte Harry. „Ich habe es so genossen, mich an ihm zu laben, weil ich ihn schon seit Beginn unseres Zusammenlebens begehrt hatte. Wie viel wundervolle Zeit habe ich verschenkt, weil ich mich nicht getraut habe, ihm näherzukommen. Den Fehler werde ich nicht noch einmal machen!"

Mit diesen Worten beugte er sich vor und umschloss Georges Mund mit seinen Lippen. Die Zunge schlüpfte zärtlich hinein und neckte ihn, wobei seine Finger noch immer ihr Spiel mit der erwachten Erektion trieben. Als sie einmal Atem holen mussten, fragte George bebend und mit hochroten Wangen: „Wie ist es mit Jimmy weitergegangen? Wurde er noch immer regelmäßig vergewaltigt?"

Ein tiefes Lachen perlte aus Harrys Brust: „Aber nein! Glaubst du etwa, dass ich tatenlos zugesehen hätte? Wenn ich an jemanden mein Herz verliere, kann ich sehr empfindlich werden, wenn ich teilen soll." Er senkte geheimnisvoll die Stimme und amüsierte sich über seinen jungen Gefährten, der gespannt an seinen Lippen hing: „Nun, ich habe sanft aus Jimmy herausgekitzelt, welche unserer lieben Mithäftlinge an der Sache beteiligt waren – und dann soll es vorgekommen sein, dass der eine oder andere der Burschen einen kleinen Unfall hatte. Sie wurden von einer unerklärlichen Pechsträhne verfolgt, bis sie entweder neun Klafter tief unter der Erde lagen oder in eine andere Anstalt versetzt wurden."

"Damit bist du durchgekommen?", fragte George bewundernd.

Harry grinste stolz: „Das Planen ist schon immer meine Stärke gewesen! Leider bringt es dich gleich in den Knast, wenn du eine Kleinigkeit übersiehst."

„Mich würde noch interessieren, wie Jimmy es geschafft hat, mit solchen Galgenvögeln zusammen eingesperrt zu werden. Weißt du, was er getan hat?" George runzelte die Stirn und schaute ihn gespannt an.

„Ja, er passte nicht hierher, da hast du recht, zwischen Mördern und anderen Schwerstverbrechern hatte er nichts verloren. Aber er hat bis zuletzt ein Geheimnis daraus gemacht." Harry grinste. „Was hast *du* verbrochen?"

„Ich bin unschuldig", kam die lakonische Antwort.

Das schallende Gelächter beleidigte George, doch er hatte den Eindruck, dass Harry noch etwas hinzufügen wollte: „Genau das hat Jimmy auch immer gesagt", brachte er dann glucksend heraus. „Und weißt du was? Er hat nicht gelogen! Sie haben ihn einfach freigelassen, weil der richtige Täter ein Geständnis abgelegt hat. Und genau das ist der Grund, warum ich ihn *beinahe* geheiratet hätte ..."

Harry wälzte sich auf George und entkleidete ihn

weiter. Hilflos ergab sich der junge Mann seinen Liebkosungen und erwiderte gierig seine Küsse.

Als sie später nebeneinander im Bett lagen und ihrer Leidenschaft nachspürten, sagte George träge: „Da ist nur noch eine Sache, die ich nicht verstehe. Wieso redest du ständig von *heiraten*?“

Harry starrte ihn mit großen Augen an: „Ich bin ein katholischer Ire! Vielleicht bin ich ein Mörder, aber ich habe noch genug Ehre im Leib, um solche Unzucht nur mit meinem Ehemann zu dulden!“

„Na fein, dann ist das wohl ein Antrag. Du verlierst wirklich keine Zeit“, gab George grinsend zurück.

„Zeit ist eine relative Sache, das erkannte schon der gute Einstein. Weißt du, Georgie, ich habe ‚lebenslänglich‘ bekommen, das hört sich verdammt lang an – aber wenn du mal darüber nachdenkst, kann es schon morgen vorbei sein.“ Mit lüsternem Blick schaute ihn Harry an und drückte die erneut erwachte Männlichkeit lasziv gegen seinen Hintern. „Lass uns keinen Moment verschwenden!“

Unter Brüdern

von Inka Loreen Minden und Nicole Henser

„Bruder Andrew", sprach Abt Titus, wobei er hoffte, dass man ihm seine Unsicherheit nicht anhörte, „hebe dein Habit und knie dich auf die Bank."

„Ich soll Euch meinen Hintern entblößen?", grinste der Büßer frech und stemmte die Hände in die Hüften.

Titus schickte eine Unzahl Stoßgebete in den Himmel. *„Herr, warum legst du mir diese Bürde auf? Bin ich denn nicht schon genug bestraft?"* Äußerlich versuchte er möglichst ruhig zu wirken. Er vertuschte das Zittern der Finger, indem er den Rohrstock in seine Handfläche schlug. „Du bist mir als Ordensbruder zu unbedingtem Gehorsam verpflichtet, also widersprich mir nicht!"

Mittlerweile stand dem Abt schon der Schweiß auf der Stirn. Der Bischof hatte ihm erzählt, dass dieser Mann in einem anderen Konvent unzüchtige Handlungen an sich selbst und seinen Glaubensbrüdern durchgeführt hatte. Es wurde alles Mögliche unternommen, um diesem Bruder die fleischliche Begierde auszutreiben, doch alle Maßnahmen liefen ins Leere.

Nachdem man ihn dort nicht mehr haben wollte, wurde er Titus' Obhut anvertraut, da der Abt für seine strenge Disziplin bekannt war. *„Wenn der Bischof nur wüsste ... Ja, bei den Selbstgeißelungen gehe ich bis an die Grenzen, aber nur, um mich von meinen eigenen Verfehlungen reinzuwaschen."*

Bruder Andrew starrte ihn an, als könne er direkt in seine Seele blicken. Schnell wandte Titus die Augen ab.

Erleichterung durchflutete ihn, als der störrische Sünder

auf die Knie ging und die Kutte über sein Gesäß zog.

Beim Anblick der leicht behaarten Pobacken zuckte es in den Lenden des Abts. *„Himmel, wenn das nicht das Tor zur Hölle ist!"*, dachte er sich.

Heute Morgen war Andrew dabei beobachtet worden, wie er unter dem Habit an sich herumgespielt hatte. Nun blieb dem Abt nichts anderes übrig, als ihn für dieses Vergehen zu bestrafen. Und der Bischof hatte ihm ausdrücklich befohlen, mit diesem Bruder bei den Züchtigungen nicht zimperlich umzugehen.

Andrew spreizte die Beine ein wenig, und drückte dem Klostervorsteher die Kehrseite weit entgegen. Provozierend wackelte er mit dem Hinterteil. Schon baumelten die Hoden aufreizend zwischen den Schenkeln des Büßers. „Ich wäre dann so weit."

„Heilige Maria … warum nur musstest du dich daneben benehmen, Bruder? Wenn ich *den Versuchungen widerstehen kann, dann wirst* du *das doch auch können!"*

Der junge Mönch erwartete den ersten Hieb, doch der ließ auf sich warten. *„Bin mal gespannt, wie die Schlagtechnik dieses Abtes ist. Wenn er sich denn mal dazu entscheidet, anzufangen …"*

Verstohlen schaute Andrew zu Titus hinauf und bewegte wieder seinen Allerwertesten. Der Abt presste die Lippen zusammen und ließ den ersten Schlag über das feste Fleisch klatschen. Es kam dem Sünder so vor, als hätte er ihn liebkost, obwohl sich ein roter Striemen abzeichnete. Bis jetzt wurden die Prügelstrafen nur an seinem Rücken oder an den Händen vollzogen, weshalb diese Art der Buße neu für ihn war. Neu und aufregend.

Der nächste Stockhieb klatschte etwas fester auf, doch Andrew hatte noch immer das Gefühl, dass diese Disziplinarmaßnahme ein Spaziergang werden würde. Da hatte er schon ganz andere Kaliber kennengelernt. Es hatte sogar mal einen Abt gegeben, der gleich zwei Stöcke auf seinem Rücken zerschlissen hatte.

Ein leises Stöhnen entrang sich Andrews Brust, zwischen seinen Beinen pochte die Lust, und er hatte bereits eine hübsche Erektion.

„Ja, oh Gott, gib's mir!“, murmelte er nach einem kräftigen Hieb, der sein Fleisch zum Zucken brachte. Titus schien langsam warm zu werden, und es war dem lüsternen Mönch absolut recht, jetzt das Vorspiel zu verlassen.

Der Abt hatte sofort bemerkt, wie Andrew auf die Schläge reagierte. Anstatt sich unter Schmerzen zu winden und zu rufen: „Es ist meine Schuld, meine größte Schuld, ich will mich bessern!“, wuchs ihm eine stattliche Latte.

Es zuckte in Titus' Fingern, als er auf die dunklen Blessuren blickte, die der Stock hinterlassen hatte. Wie gerne würde er jetzt seinen Handabdruck auf dem festen Hintern sehen.

„Du hast eine sehr gute Körperbeherrschung, mein Bruder“, meinte der Vorsteher und ging dicht hinter Andrew in die Hocke. Als der Geruch der Sünde in seine Nase fuhr, zögerte er keinen Moment. Sanft fuhren seine Finger über die angeschwollenen Male.

Eine Gänsehaut überlief Andrews Körper. Er konnte es kaum fassen, dass der Abt ihn so zärtlich berührte. *„Herrgott, hast du meine wollüstigen Gebete erhört?“*, ging es ihm durch den Kopf.

Titus' Finger wanderten tief in die Spalte und er unterdrückte nur mit Mühe ein Stöhnen. Sein Glied war ebenso hart wie das des Büßers. Es hinterließ eine deutliche Wölbung in seiner Kutte.

„Dann muss ich mir für dich wohl eine härtere Strafe einfallen lassen." Während er nachdachte, wanderten seine Finger unkontrolliert weiter hinab bis zu den Hoden, die sich durch die Schläge fest zusammengezogen hatten.

Andrew bebte vor Erregung. Er wartete begierig auf weitere Berührungen, die ihn immer weiter an den Rand des Abgrunds trieben. „Herr, ich bin ein Sünder, bitte schicke mir Erlösung von der Hand dieses Mannes. Amen", intonierte der junge Mönch leise.

Indessen warf Titus die Kutte über seinen Kopf, sodass sich ihm nun die ganze Rückseite des Büßers offenbarte. *„Ich ertrage die Lust in seinen Augen nicht mehr länger!"* Der Abt war verlockt, sein Habit zu heben, um sein Glied in die runzlige Pforte zu versenken. Stattdessen holte er weit aus und ließ die flache Hand auf das Gesäß knallen, immer und immer wieder. Dabei ging ihm nur ein einziger Gedanke durch den Kopf: *„Sein Körper ist die pure Versuchung! Und der Teufel lebt von unserer Begehrlichkeit ... Himmel, was ist, wenn Andrew der Teufel selbst ist? Er ist gekommen, um mich auf den falschen Pfad zu leiten!"*

„O Herr! Bitte lass mich nicht der Fleischeslust verfallen!", murmelte der Abt.

„Ihr bringt den Herrn ganz durcheinander. Ich habe IHN gerade gebeten, dass Ihr mir Erfüllung verschafft, also tut bitte, wozu ER Euch leitet! Oder wollt Ihr Eurer Lüsternheit auch noch Ungehorsamkeit hinzufügen?", stöhnte es zwischen den Schlägen unter Andrews Kutte hervor. Seine Pobacken glühten einladend und schienen dem Abt den Weg zu weisen.

„Schweige, Büßer, und bereue“, brachte Titus sehr halbherzig heraus. Wenn er nicht bald von Andrew weg kam, konnte er für nichts mehr garantieren. „Den Rest des Tages verbringst du in der Kapelle, das Ave-Maria betend, und gelobst Besserung.“

Der Blick des Abts fiel auf den losen Mauerstein in der Wand, hinter dem seine Folterinstrumente zur Selbstkasteiung lagen. *„Verschwinde endlich, Bruder Andrew, damit ich mir die Sünde aus dem Fleisch peitschen kann!“*

Voller Bedauern erhob sich Andrew. Als er seine Kutte sortierte, tanzte ein kleines Teufelchen in seinem Blick: „Bruder Titus, ich möchte Euer Wort ungern kritisieren, aber ich habe die Jungfrau Maria so oft um Hilfe gebeten, meine Triebe in den Griff zu bekommen, dass ich es nicht schon wieder tun muss. Sie verschließt ihre Ohren, weil sie wahrscheinlich gar nicht weiß, wie sich ordentliche Wollust anfühlt.“

Mit einem schelmischen Lächeln schlug er vor: „Ich wüsste eine bessere Buße für mich, wo ich doch nur an mein eigenes Vergnügen gedacht habe: Da Ihr mich in Eurer Weisheit nicht erlösen wollt, werde ich nun Euch wohltun, damit wenigstens einer von uns ohne den Beweis der Lüsternheit vor den Herrn treten kann …“

Er näherte sich dem Abt und zog ihn an sich, um dann mit der Zungenspitze vom Ohr über den Hals zu wandern, und von dort eine feuchte Linie bis zu den Lippen zu ziehen. Mit sanfter Gewalt verschaffte er sich Einlass und schlüpfte mit der Zunge in Titus’ Mund.

Während des Kusses, der immer leidenschaftlicher geriet, fuhren Andrews Hände über den kräftigen Körper des Klostervorstehers, bis er sich auf die Knie sinken ließ, den groben Stoff des Habits raffte und bis zum Bauch des

Abtes hochschob.

„Oh“, stöhnte Andrew, „was für ein prachtvoller Schwanz, wie geschaffen für die Lust!“ Genüsslich glitt der lange Schaft bis in seine Kehle, wo er ihn aufs Vortrefflichste verwöhnte.

„Ich bin verloren“, dachte sich der Abt, als seine Knie nachgeben wollten. Schwer atmend stützte er sich an dem Tisch ab, der nur einen Schritt hinter ihm stand, und ließ einfach geschehen, dass dieser Teufel ihn verführte.

„Wie kann etwas so Herrliches verboten sein?“ Noch immer schmeckte er Andrew auf seinen Lippen. Dieser kniete vor ihm, den Kopf unter der Kutte, und stellte mit seiner Zunge die sündigsten Dinge an.

Plötzlich rückte der Gedanke an die verdorbene Fleischeslust in weite Ferne. Titus wollte genau sehen, was da unter dem Habit vor sich ging. Neugierig hob er den Saum, bis das Gesicht des Bruders zum Vorschein kam, der sich mit geschlossenen Augen und voller Hingabe an seinem Glied festgesaugt hatte.

„Wie schön er ist ... dieser Verführer.“ Die dichten Wimpern lagen wie zwei Halbmonde auf seinen Wangen, und die leicht nach oben geschwungenen Brauen gaben ihm etwas Diabolisches.

Immer wieder leckte die geschickte Zunge über die pralle Eichel, die so mit Blut gefüllt war, dass sie purpurfarben glänzte. „Erlöse mich, Bruder Andrew“, hauchte Titus ihm entgegen. *„Und wenn ich dafür im Fegefeuer brenne ... das ist es mir wert!“*

Der junge Mönch unterstützte seine Bemühungen, indem er die prallen Hoden kraulte und dann einen Finger auf die empfindliche Stelle dahinter gleiten ließ. Dort begann er eine rhythmische Massage, die ihre Wirkung nicht verfehlte. Der sensible Hautsack hüpfte im Takt, und Bruder Titus gab wunderbare Geräusche von sich, die Andrew tief in den Magen fuhren.

Seine eigene Erregung stand kurz vor der Explosion, doch er wollte sein Wort halten und zumindest dafür sorgen, dass sein Abt vor ihm den höchsten Genuss erlebte.

Als sich Titus zuckend in seinen Mund ergoss, schluckte Andrew den Nektar, um dann ebenfalls seinen Samen zu verspritzen. Taumelnd kam der ruchlose Versucher auf die Füße, doch er mied es, dem Abt in die Augen zu sehen.

„Ihr findet mich in der Kapelle, Bruder. Vielleicht sollte ich es doch noch einmal mit der Jungfrau probieren …“, murmelte Andrew mit einer für ihn untypischen Verlegenheit und machte sich dann schnell davon.

Als der Satansbraten zur Tür hinausgeeilt war, sank Titus auf den Boden. *„Wie konnte ich mich nur so gehen lassen? Ich bin verloren …“* Noch immer glaubte er das Pochen zwischen den Beinen zu spüren.

Verzweifelt blickte er zu dem Kreuz auf, das an der Wand angebracht war, wobei sein Blick auf den losen Mauerstein fiel. *„Gebete werden nicht helfen, mir bei dieser schweren Sünde Absolution zu erteilen. Ich muss zu schonungsloseren Maßnahmen greifen …“*

„Bei allen Heiligen!“, rief Bruder Andrew entsetzt aus, als er den Abt in seinem Blut liegen sah. Anscheinend hatte sich Titus gezüchtigt, bis er ohnmächtig geworden war. Die Spuren der Geißelung zogen sich über seinen ganzen Rücken, und er hatte einige Stellen, an denen die Haut durch wiederholte Schläge aufgeplatzt war.

Vorsichtig hob Andrew ihn vom Boden hoch und legte ihn auf die schmale Pritsche der Mönchszelle. Dann machte er sich schnell auf den Weg zur Küche des Klosters, wo er den Cellerar treffen würde. Der Haushaltsvorstand schuldete ihm noch den Ausgleich für gewisse – Gefälligkeiten – und bestimmt würde er etwas von der wertvollen Salbe herausrücken, die er wie seinen Augapfel hütete.

Als Andrew zurückkam, war Titus noch immer ohne Besinnung. Er kam erst langsam zu sich, als der Mönch die Kräutercreme aus einem schweren Tiegel auf seine geschundene Haut strich.

Der Abt wollte sich erheben, weil er bemerkte, dass Andrew ihm die Kutte ausgezogen hatte, doch der junge Mann drückte ihn sanft wieder zurück. Während er den unteren Bereich des Rückens einsalbte, wanderte sein Blick immer wieder zu Titus' appetitlichem Hinterteil.

Noch leicht benommen, murmelte der Klostervorsteher: „Solltest du nicht in der Kapelle sein, Bruder Andrew?"

„Bruder Abt, hat uns nicht der Herr so gemacht, wie wir sind?", wich der Mönch der Frage aus. „Er liebt uns auch dann, wenn wir elendige Sünder sind – und sorgt er nicht gut für uns? Immerhin hat er uns zueinander geführt, auf dass wir nicht die braven Brüder in Versuchung führen."

Andrew tunkte seinen Finger in die fettige Creme und führte ihn zielsicher zwischen die muskulösen Hinterbacken, wo er die rosige Rosette gekonnt stimulierte.

Titus lauschte der sanften Stimme und genoss die fürsorgliche Behandlung. *„In Andrews Worten liegt vielleicht ein Körnchen Wahrheit"*, überlegte er, wobei Hoffnung in ihm aufkeimte.

Die Salbe brachte rasch Linderung. Sein Rücken stand nun nicht mehr in Flammen – dafür züngelte ein kleines Feuer in Titus' Bauch. Ein wohliges Brummen entkam ihm, als Bruder Andrew einen Finger in seinem Anus versenkte. Unbewusst öffnete er die Schenkel ein wenig, und der Finger glitt tiefer hinein. Das erigierte Glied des Abts drückte sich gegen die harte Matratze. „Meinst du wirklich, dass der Herr diesen Weg für uns bestimmt hat?", fragte er mit rauer Stimme seinen Ordensbruder. „Wir werden dafür nicht gerichtet werden?"

„Bruder Abt, das fragt Ihr *mich*?", stellte Andrew amüsiert fest. „Aber sagte nicht Johannes: ‚Lasst uns nicht lieben bloß mit Worten und mit dem Munde, sondern mit Taten und mit der Wahrheit'? Das ist mein Lieblingszitat aus der Bibel. Der Bruder kannte anscheinend die Freuden des Mundverkehrs und die anderen Varianten waren ihm sicherlich auch nicht fremd."

Der junge Mönch lüpfte seinen Habit und hockte sich zwischen Titus' Beine, die er weiter spreizte. Dann legte er sich auf ihn und drückte seinen Phallus sanft gegen den vorbereiteten Eingang. „Lasst uns mit Taten lieben", flüsterte er leidenschaftlich.

Als Titus spürte, wie sein Verführer in ihn eindrang, begann sich der Raum um ihn herum zu drehen. Andrew ging dabei so behutsam vor, dass diese Zärtlichkeit in ihm ein Gefühl tiefer Zuneigung für den Ordensbruder erzeugte.

„Bruder Andrew weiß, was himmlische Freuden sind", dachte er erregt, und drückte ihm sein Gesäß noch weiter entgegen, indem er sich auf alle viere kniete.

Andrew stöhnte auf, als er tief in den Anus des Abtes

rutschte. „Euch muss der Herr geschickt haben! Mein Körper dient Euch genauso wie mein Herz!"

Er konnte einfach nicht mehr von diesem wundervollen Klostervorsteher lassen: *„Ich werde noch oft gegen die Klosterregeln verstoßen müssen. Diese Bestrafungsaktionen sind es, wofür ich lebe!"*

Als sie sich später in den Armen lagen, und Andrew dem Abt stammelnd seine Gefühle gestand, meinte Titus schmunzelnd: „Ich kenne auch noch einen Spruch aus der Bibel: ‚Vor allen Dingen aber habt untereinander eine anhaltende Liebe. Denn die Liebe bedeckt eine Menge von Sünden!'"

Buon Natale

von Inka Loreen Minden

Simon

„Hey, Simon, hast du gesehen, wie der Chef die Tussi aus der Buchhaltung angebaggert hat?“, fragt mich mein Kollege, als wir gemeinsam durch die dunklen Straßen nach Hause torkeln. Marco hat einen Arm um meine Hüfte gelegt und ich den meinen um seine Schultern, damit wir uns gegenseitig stützen. Die Weihnachtsfeier hat ein sehr feuchtes Ende genommen.

„Du meinst Bea?“ Ich versuche mir, ihr Gesicht vorzustellen, doch es gelingt mir einfach nicht. Meine Gedanken schweifen immer wieder zu dem Mann an meiner Seite, mit dem ich einen sehr schönen Abend verbracht habe. Obwohl wir schon mehrere Jahre zusammenarbeiten, sind wir erst heute so richtig ins Gespräch gekommen. Wir haben uns über alles Mögliche unterhalten, so als ob wir schon immer die besten Freunde gewesen wären.

„Keine Ahnung, wie die heißt, *mio amico.* Findest du nicht, dass es die Weiber bei den Vorgesetzten einfacher haben?“ Seine Hand wandert tiefer, zu meinem Hintern. Wahrscheinlich denkt er dabei gerade an Bea, was mir ein Grinsen entlockt. Die sieht auch wirklich nicht schlecht aus, aber mein Fall ist sie nicht. Irgendwie war bis jetzt noch keine Frau so richtig mein Fall.

Wieder muss ich ihn ansehen. „Ich denke, der Chef war mindestens genauso voll wie du gerade und hat nicht mehr gewusst, was er macht.“ Marcos Hand verschwindet in meiner Gesäßtasche, während ich noch hinzusetze: „Außerdem ist er verheiratet."

Der Südländer grinst mich schief an. „Ich bin nicht voll. *No, no.* Ich weiß noch genau, was ich mache." Er kneift mir in den Po. „Hast du grad ne Freundin, Simon? *Una ragazza?*" Marco ist genau der Typ Mann, auf den die Frauen abfahren, denke ich mir. Den gut durchtrainierten Body hat er jetzt unter einem dicken Parka versteckt und die dunklen Haare unter einer Mütze, aber seine hellen Augen funkeln fröhlich. Sein Lächeln und vor allem der italienische Akzent lassen sogar mein Herz flattern. Verdammter Alkohol. Auch seine Hand an meinem Arsch stört mich nicht!

„Nee, bin seit einem Jahr wieder Single. Lief nich so besonders zwischen uns", antworte ich ihm, wobei ich genauso verschmitzt grinse wie er. Es ist angenehm, ihn so nah und warm bei mir zu spüren, denn trotz des Alkoholpegels in meinem Blut ist mir verdammt kalt. Feine Wölkchen bilden sich vor unseren Gesichtern, die im Licht der Laternen geisterhaft davonschweben. In der Ferne schlägt eine Kirchenuhr die mitternächtliche Stunde. Die Straßen sind verlassen, aber in vielen Fenstern leuchten bunte Sterne, Lichterketten oder kleine Tannenbäume. Noch eine Ecke weiter, und dann bin ich endlich zu Hause. „Ich hasse Weihnachten", entschlüpft es mir gedankenlos, als es auch noch zu schneien anfängt.

Marco sieht mich mit hochgezogenen Brauen an. „Wir könnten zusammen feiern, wenn du Lust hast." Er kann sich sicher noch daran erinnern, dass meine Eltern vor drei Jahren bei einem Autounfall ums Leben kamen. Aber wer kann das nicht. Die ganze Abteilung hat damals mitbekommen, wie ich heulend am Telefon zusammengebrochen bin.

Jetzt sehe ich ihn verwundert an. „Ich soll mit dir nach Italien kommen?“

Marco schüttelt den Kopf und blickt mir tief in die Augen. In meinem Bauch beginnt es zu kribbeln. „*No*, ich bleib dieses Jahr hier. Die Fahrt lohnt sich nicht, ich muss zwischen den Feiertagen ins Büro.“

Verdammt, was ist nur los mit mir? Allein sein Lächeln reicht aus, dass mir trotz der Kälte das Blut in den Schwanz schießt. Zum Glück erreichen wir gerade den Hauseingang, wo wir uns aus der Umklammerung lösen. Als ich aufsperre, zittern meine Hände, aber nicht wegen der Kälte. „Na dann, komm gut nach Hause.“ Ich nicke ihm zu und klopfe ihm kameradschaftlich auf die Schulter, doch Marco drückt mich einfach in den dunklen Hausflur, bis ich mit dem Rücken gegen eine Wand stoße. „Hey, was soll das?“

Seine Hände liegen auf meiner Brust. „Du hast mir noch keine Antwort gegeben.“

„Was?“ Ich fühle mich total verwirrt, denn sein Gesicht kommt immer näher. Plötzlich beginne ich zu schwitzen. Mein Herz schlägt drei Takte schneller. Der Typ baggert mich tatsächlich an!

„Wollen wir Heiligabend nun zusammen verbringen?“, wiederholt er die Frage von vorhin, doch ich bin nicht fähig, ihm darauf zu antworten. Er öffnet den Reißverschluss meiner Jacke und zerrt mein Hemd aus der Hose. Marco drückt seine Hände auf meinen nackten Bauch. Unweigerlich zucke ich zusammen, aber nicht, weil sie sich kalt anfühlen – nein, sie sind wunderbar warm – sondern weil mich diese einfache Berührung zutiefst erregt.

„Ich bin nicht schwul“, hauche ich ihm entgegen, doch

plötzlich keuche ich auf, als er eine Hand gegen meinen Schritt presst.

„*Ah no*? Und was ist dann das?“ Langsam reibt er über mein geschwollenes Glied, wobei er mich ernst ansieht. Sein spitzbübisches Grinsen ist verschwunden. Auf einmal scheint er verdammt nüchtern zu sein. Er weiß genau, was er tut, und drückt seinen Körper an mich, worauf ich auch seine Erektion an meiner Hüfte spüre.

Ich stehe einfach nur da, unfähig, mich zu bewegen, so geschockt bin ich über mich selbst. Verdammt, ich bin nicht schwul, das *muss* der Alkohol sein!

Marcos warme Lippen berühren mein Ohr. Er ist ebenso spitz wie ich und atmet schnell, als er nach meinem Ohrläppchen schnappt und daran saugt. Wieder stöhne ich auf.

Dass er auf Männer steht, hätte ich niemals gedacht. Er hat immer einen ganz normalen Eindruck auf mich gemacht. Außerdem habe ich ihn schon des Öfteren dabei beobachtet, wie er mit unserer Sekretärin geflirtet hat, desto mehr bin ich jetzt überrascht. Wie von selbst umfassen meine Hände seine Hüften, um ihn noch fester an mich zu drücken. „Ich habe noch nie mit einem Ma...“

„Psst“, haucht er mir ins Ohr und seine Lippen streifen meine Wange. „Es gibt für alles ein erstes Mal.“

Ich grinse unsicher. „Ein besserer Spruch ist dir nicht ...“ Da berührt sein Mund den meinen, erst hauchzart, wie der Flügelschlag eines Schmetterlings, und ich rieche den Salbei, mit dem das Hauptgericht, Saltimbocca, verfeinert war. Doch schon bald werden seine Lippen fordernder. Der Geruch seines Aftershaves ist angenehm und treibt wohlige Schauder über meinen Körper. Wie seltsam, anstatt seidenweicher Frauenhaut die Ansätze männlicher

Bartstoppeln zu fühlen. Ich bin zutiefst verwirrt, dennoch genieße ich diese ungewohnten Zärtlichkeiten.

Meine Hände wandern unter seinen Parka und schieben sich unter das Shirt. Marcos Haut ist warm und weich und ich gleite an den ausgeprägten Muskelsträngen seines Rückens nach oben.

„*Mi piace* – das gefällt mir", haucht er an meine Lippen, worauf seine Zunge in mich eindringt. Zärtlich sucht seine Spitze nach meiner und zögerlich komme ich ihm entgegen. Sie ist warm, sehr feucht und ich schmecke den Wein, den er heute Abend getrunken hat.

Seine Hand gleitet in meine Hose und umfasst mein nacktes Glied. „Marco, nicht!" Aufkeuchend ziehe ich meine Hände unter dem Parka hervor, um ihn von mir zu stoßen, doch er ist stärker. Seine Hand drückt nur noch fester zu. Meine Knie wollen nachgeben und ich lehne mich zurück an die Hauswand. Marco hat mich ganz in seiner Gewalt. Seine Lippen erobern ungeniert meinen Mund, ein Daumen spielt an meinen harten Brustwarzen und mit der Rechten holt er mir einen runter. Seine Finger gleiten gekonnt an meinem Schaft entlang, drücken und massieren ihn.

„Entspann dich einfach und genieße es, *mio amico*", atmet er schwer.

Seine Erregung und das Spiel seiner Finger bringen meine Beherrschung zu Fall. Ich reiße ihm die Mütze vom Kopf, um durch sein dichtes Haar zu fahren. Und während ich meine Zunge in Marcos Mund drücke, komme ich. Laut stöhnend spritze ich das Sperma in seine Hand.

Die Augen des Südländers glänzen fiebrig, als er ein Taschentuch aus dem Anorak zieht und die Hände daran abwischt. Peinlich berührt mache ich zwei Schritte von ihm weg und drehe ihm den Rücken zu, während ich meine Kleidung richte.

„Kommst du Heiligabend nun?“, höre ich seine Stimme. Er klingt immer noch atemlos.

Ich nicke bloß, ohne mich umzudrehen. Ich kann ihm jetzt nicht in die Augen sehen, da ich mich für das schäme, was gerade passiert ist. Es ist mir einfach unbegreiflich, wie ich so etwas zulassen konnte, doch tief in meinem Inneren weiß ich, dass ich mehr für Marco – mehr für Männer – empfinde, als ich mir selber eingestehen möchte.

„Also dann um sieben.“ Er tritt hinter mich und haucht in mein Ohr: „Grazie per la bella serata*.“ Dann fällt die Haustür ins Schloss. Er ist weg.

Marco

„Buona sera, Simon!“, grinse ich, als der junge Mann zur Haustür hereinkommt. Ich habe nicht erwartet, dass er doch noch erscheint. Immerhin ist er eine halbe Stunde zu spät. Wie sehr muss er mit sich gerungen haben.

Seine Wangen und die Nase sind gerötet von der Kälte. „Dir auch Frohe Weihnachten, Marco!“ Simon blickt mich unsicher an und drückt mir ein kleines Päckchen in die Hand.

Am liebsten möchte ich mich bei ihm mit einem innigen Kuss bedanken, doch ich will ihn nicht verschrecken. „Buon Natale“, erwidere ich deswegen nur und sehe ihm dabei zu, wie er den Mantel ablegt. „Dein Geschenk

---

* Danke für den schönen Abend

bekommst du aber erst am Dreikönigstag." Verblüfft blickt er mich an. „Das ist bei uns in Italien der Brauch", erkläre ich ihm. „Und Geschenke bringt nicht das Christkind, sondern die Hexe Befana."

Endlich lächelt er und mein Herz beginnt zu flattern. „Ihr Italiener seid doch total verrückt!"

Anstatt darauf etwas zu erwidern, grinse ich nur verschmitzt zurück. *Si, veramente,* verrückt nach dir! Simon ist überhaupt nicht mein Typ, obwohl er nicht schlecht aussieht. Er hat kurzes braunes Haar und bemerkenswert grüne Augen, doch seine Nase ist einen Tick zu lang und die Lippen viel zu schmal, dennoch ergibt alles in seiner Gesamtheit ein anziehendes Gesicht. Ein sehr maskulines Gesicht. Bis jetzt habe ich kräftigere, muskulösere Männer bevorzugt und Simon ist eher schmal gebaut, doch vielleicht ist es gerade das, nach was ich so lange gesucht habe: einen Mann, den ich unterwerfen kann, der sich meinem Willen beugt – nur im Bett natürlich. Der Gedanke daran treibt mir alles Blut in die unteren Regionen. Doch ich muss es langsam angehen lassen. *Mio amico* ist noch lange nicht so weit.

Er folgt mir ins Wohnzimmer, das einzige Zimmer meiner kleinen Wohnung, wo ich leise Musik aufgelegt und den Tisch gedeckt habe. „Ich hoffe, du magst *Pollo al Riso* – Hühnchen mit Reis. Das Rezept ist von meiner Mamma."

„Du kannst kochen?" Simon schenkt mir bewundernde Blicke, während er sich setzt und ich ihm Wein einschenke. Ich habe wohl gerade einen Punkt bei ihm gemacht, und das ist gut so – denn heute möchte ich ihn verführen, ihn verwöhnen, und ihm zeigen, was er bis jetzt alles verpasst hat.

„Ich wollte nicht auf Mammas Köstlichkeiten verzichten, nachdem meine Eltern wieder nach Florenz gezogen sind.“ Ich muss zugeben, dass mir das Huhn heute besonders gut gelungen ist. „Aber den Panettone hab ich nicht selbst gebacken.“

Während des Essens wandert Simons Blick durch meine Wohnung und bleibt an der Krippe hängen, die eine ganze Ecke des Raumes vereinnahmt. Bunte Figuren sind in eine detailreiche Marktszene eingebettet und mittendrin plätschert ein künstlicher Brunnen. „Wow, die sieht echt schön aus“, meint er und schiebt sich eine Gabel mit Reis in den Mund.

Während ich ihn beim Essen beobachte, erkläre ich ihm, dass mein Großvater die Weihnachtskrippe gebaut hat.

Seine Zunge leckt ein Reiskorn von der Lippe, worauf sich meine Hoden zusammenziehen. Wie gerne würde ich jetzt diese Zunge an meinem Schwanz spüren! Doch Simon hatte noch nie was mit einem Mann, während ich schon früh bemerkt habe, dass mich Frauen nicht interessieren. *Santo cielo,* wenn meine Eltern das wüssten! Sie sind streng katholisch und würden es nicht verstehen. Wo sie sich so sehr ein *bambino,* ein Enkelkind, wünschen, aber damit kann ich ihnen nicht dienen.

Als Simon uns Wein nachschenkt, zittern seine Hände. Er ist aufgeregt, *naturalmente.* Aber er ist hier, bei mir, und er weiß, was ich von ihm möchte. In seinen grünen Augen sehe ich, dass er sich ebenso danach sehnt.

Zwei Flaschen später wandern wir mit den Gläsern und unserem Nachtisch auf die Couch – oder besser gesagt: auf mein breites Bett, denn für ein Sofa ist in dem Zimmer kein Platz mehr.

Der Alkohol tut seine Wirkung. Unsere Stimmung ist ausgelassen und so albern wir herum, reißen Witze und essen Panettone. Der Wein und Simons spitzbübisches Grinsen treiben mir die Hitze in die Adern, also ziehe ich den Pullover aus. Für einen kurzen Moment rutscht das T-Shirt nach oben und ich fühle seine brennenden Blicke auf meinem nackten Bauch.

Während Simon sich die klebrigen Fingerspitzen ableckt, kann ich die Augen nicht von seinen Lippen nehmen. Ein Brösel klebt ihm am Mundwinkel, worauf ich mich ganz nah zu ihm beuge.

„Du hast da was ..." Schon lecke ich den süßen Krümel von seiner Haut.

Anstatt zurückzuweichen dreht er den Kopf ein Stück, bis sich unsere Lippen berühren. Ich kann nicht länger warten, ich muss ihn endlich spüren! Ungestüm drücke ich ihn zurück in die Kissen, lasse eine Hand unter sein Shirt gleiten und küsse ihn auf diesen wunderbar schmalen Mund. Ein seltsamer Glanz liegt plötzlich in seinen Augen. Weint er?

Sofort rücke ich ein Stück von ihm ab. „Come stai? Ist alles in Ordnung?"

„Alles prima", meint er, wobei er sich sein Shirt über den Kopf zieht und mich auf sich.

Denkt er vielleicht an seine Eltern? Es ist gut, dass er heute nicht allein ist. „Benissimo", hauche ich an seine Lippen und beginne, sanft über seine Brust zu streicheln. Ich werde ihn schon auf andere Gedanken bringen.

Simon schließt die Augen – die Hände auf meinen Schultern – und atmet schwer. „Ich hab keine Ahnung, was ich tun soll", gesteht er mir, worauf ich weiß, wie er sich fühlt. Mir ging es damals ähnlich. Ständig fragte ich mich, ob es richtig sei, was ich da tat. Ob *ich* richtig sei.

Doch heute weiß ich, dass *es* normal ist; dass *ich* normal bin.

„Lass mich nur machen, *bello*. Alles andere kommt von allein." Auch ich entledige mich meines Oberteils und gleite wieder auf ihn, worauf wir uns zum ersten Mal Haut an Haut spüren. Es ist ein überwältigendes Gefühl. Simons Körper brennt förmlich. Sein Fleisch ist heiß, fest und so zart. Kein einziges Haar sprießt auf seiner Brust, doch von seinem Bauchnabel verschwindet eine feine Spur dunkler Härchen in seiner Hose.

Und auf einmal möchte ich sehen, was ich in jener Nacht nur gefühlt habe. Sein Penis drückt sich ebenso fest gegen den Stoff seiner Hose wie meiner. Während ich Simon küsse, wandern meine streichelnden Hände tiefer, um seinen Gürtel zu öffnen. Er blinzelt und beobachtet, wie ich ihm die Hose nach unten ziehe. Mit einem sanften Federn kommt mir sein Glied entgegen. Es ist lang und kräftig, und auf der Spitze glänzt das verräterische Zeichen seiner Lust. Sofort greift Simon nach der Decke, doch ich halte seine Hand zurück. „*No*, ich möchte dich ansehen!"

Seine Wangen glühen, worauf er den Kopf zur Seite dreht und einen Arm über die Augen legt. Ich stehe auf, um das Licht zu löschen. Die Dunkelheit umhüllt uns mit einem schützenden Mantel. Nur die kleinen bunten Lämpchen der Krippe zaubern ein orangerotes Leuchten in das Zimmer.

Jetzt ziehe auch ich meine Hose aus und steige wieder zu ihm ins Bett. Simon dreht sich auf die Seite, weg von mir. Er scheint sich zu schämen, ist unsicher.

Ich kuschle mich von hinten an den schlanken, festen

Körper und mein Glied presst sich fest gegen seinen Hintern. Simon versteift sich augenblicklich, doch ich beruhige ihn, indem ich seinen Nacken küsse. Dort schwitzt er leicht. Er schmeckt salzig und duftet herb und würzig. Ich mag seinen Geruch. Er erregt mich, macht mich heiß.

„Heb dein Bein an", hauche ich in sein Ohr, doch Simon schüttelt den Kopf. Jeder Muskel seines Körpers ist gespannt wie der Bogen einer Violine. Sogar die Pobacken kneift er zusammen.

Da muss ich grinsen. „*Santo cielo,* du glaubst doch ni... *perbacco,* ich bin so ein Esel!"

Ich beuge mich über ihn und sehe, dass er die Lider fest zusammenpresst. Meine Hände zerwühlen sein Haar, meine Lippen streifen die stoppelbärtige Wange. „*No, no, amico,* so weit sind wir noch lange nicht. Hab keine Angst. Ich werde dir bestimmt nicht wehtun!"

Da öffnet er die Augen, wobei er erleichtert die Luft ausstößt. „Ich dachte schon, du wolltest ..."

„NO!" Ich lege mich wieder hinter ihn und hebe sein Bein leicht an. Diesmal lässt er es zu, worauf ich meinen Schwanz zwischen seinen Oberschenkeln platziere.

Jetzt versteht er, was ich vorhabe, und er presst sie aufeinander. Der angenehme Druck lässt mich aufstöhnen.

Ich greife mit einem Arm um seinen Körper und nehme sein Glied fest in die Hand. Während mein Schaft zwischen seinen Beinen vor und zurück gleitet, reibe ich seinen Penis und küsse seinen Nacken. Endlich entspannt sich auch Simon. „Das gefällt mir", stöhnt er, wobei meine Bewegungen an Intensität zunehmen.

„Mi piace molto", erwidere ich atemlos. Ja, mir gefällt das sogar sehr gut!

Simons Finger umschließen meine Hand und er zeigt

mir, wie er es gerne hat. Er gibt mir die Geschwindigkeit vor, während seine Hüften gegen meinen Unterleib stoßen und seine Oberschenkel meinen Schwanz massieren.

„Ah ... Marco ...“

Ein feiner Schweißfilm überzieht seinen Rücken. Mich an seinem Körper reibend, durchströmt ein himmlisches Hochgefühl mein Inneres. *Mio amico* gibt sich mir losgelöst hin. Er ist leidenschaftlicher als ich angenommen habe.

„Marco ...“

Seine kehligen Worte bringen mein Blut zum Kochen.

„Arrivo!“, entkommt es mir stöhnend, und in dem Moment, als ich meinen heißen Samen zwischen seine Schenkel pumpe, spritzt auch Simon ab, immer und immer wieder. Er wirft den Kopf zurück, damit ich ihn küsse. Unsere Zungen vollführen einen wilden Tanz, bis der Höhepunkt vorüber ist und sich eine angenehme Schwere im Körper breitmacht.

Ohne mich anzusehen, stürzt Simon aus dem Bett und ins Badezimmer. Lange höre ich nichts von ihm, und gerade, als ich nach ihm sehen möchte, steht er wieder im Türrahmen. Oder vielleicht stand er schon eine ganze Weile im dunklen Flur und hat mich beobachtet. Er sieht unschlüssig aus.

„Möchtest du gehen?“, frage ich vorsichtig. Simon zuckt mit den Schultern und blickt betreten zu Boden. Ich kenne diese Unsicherheit – das Gefühl, etwas Abnormales getan zu haben. „Oder möchtest du zu mir unter die Decke?“

Zögerlich durchschreitet er das Wohnzimmer, wobei das Krippenlicht seine lange schlanke Gestalt sanft beleuchtet. Simon sieht aus wie ein junger Gott, und in meinem Magen schlägt ein kleines Männlein Purzelbäume. Ich glaube, ich habe mich soeben verliebt. *Sono imbarcato.*

Er schlüpft zu mir ins Bett und ich ziehe ihn gleich an mich. Simon zittert leicht. Eine einsame Träne kullert über seine Wange, doch er versucht tapfer zu lächeln. „Du verwirrst mich, Marco. Ich bin total durcheinander."

„Das geht vorbei. Glaub mir."

Nachdem er seufzend den Kopf an meine Brust und einen Arm um mich gelegt hat, döst er langsam ein. Seinen Rücken streichelnd, lasse ich die Uhr nicht aus den Augen. Angestrengt halte ich die bleischweren Lider offen und beobachte eine Weile die dicken Schneeflocken, die der Wind gegen die Fensterscheibe weht. Dann blicke ich auf den Mann in meinen Armen. Simon schläft selig, eine Hand um meine Hüfte gelegt. Als ich ihm durch das kurze Haar fahre, huscht ein Lächeln über sein Gesicht. Ich bin glücklich und er scheint es auch zu sein. Es ist Heiligabend und er ist mein größtes Geschenk.

Endlich ist es Punkt Mitternacht. Vorsichtig löse ich mich aus seiner Umarmung und tapse auf die beleuchtete Krippe zu. Aus einer Ecke hole ich das Jesuskind, das genauso nackt ist wie ich gerade, und lege es an seinen angestammten Platz. Ich weiß, dass meine Eltern in diesem Augenblick das Gleiche machen. *Buon Natale mamma e papà.*

Dann schleiche ich wieder zu *mio amico* unter die Decke, ziehe seinen warmen Körper an mich und hauche „Buon Natale, Simon" in sein Ohr, bevor mich die Müdigkeit übermannt.

„Frohe Weihnachten, Marco!", murmelt er im Halbschlaf und kuschelt sich noch enger an mich.

Führungswechsel 1

von Nicole Henser

„Hallo!“ Das direkt an seinem Ohr geflüsterte Wort schreckte Alec aus dem Dämmerzustand. Die Stimme war sanft, tief – und ihm gänzlich unbekannt! Das war nicht sein Herr! Normalerweise pflegte Steve ihn eifersüchtig wegzuschließen. Wie konnte es sein, dass er sein „Spielzeug“ nun nackt und blind einem Fremden präsentierte?

Alec hob den Kopf, um zumindest seine verbliebenen Sinne zu nutzen, wenn er durch die Augenbinde schon dazu gezwungen war, auf das Sehen zu verzichten. Er hörte den Mann atmen, er schien ebenfalls aufgeregt zu sein. Da er noch immer hinter Alec hockte, fühlte dieser den Hauch wärmend auf seiner Haut. Ein Zittern durchlief seinen Körper, der das Frieren schon vor einiger Zeit aufgegeben hatte.

Als er versuchte zu sprechen, kam nur ein leises Ächzen aus seiner Brust, anscheinend war seine Stimme ebenso eingerostet wie die schmerzenden Gelenke. Weil es Steve so gefiel, kniete sein Sklave schon seit Ewigkeiten auf dem harten Boden, seine Handgelenke an den Knöcheln fixiert, die von einer Spreizstange in Position gehalten wurden. Jetzt konnte er nur noch bang in die Dunkelheit horchen, um zu erahnen, welche Torturen sich sein „Meister“ heute für ihn ausgedacht hatte.

„Hmmm“, hörte er ein genießerisches Brummen, „es gefällt mir außerordentlich gut, was ich sehe.“ Dann folgte nach einer kurzen Pause: „Er hat es dir nicht gesagt, nicht wahr?“

„Wa - was? Wer bist du?", stammelte Alec. Die Erfahrung hatte ihn gelehrt, Vorsicht walten zu lassen. Mit Sicherheit war es wieder eines von Steves perfiden Spielen.

„Du gehörst ab sofort mir. Jedenfalls dann, wenn ich zufrieden mit dir bin, nachdem ich dich *ausprobiert* habe." Ein tiefes Lachen folgte den süffisanten Worten, das eine Gänsehaut über seine nackte Haut trieb.

Die Nachricht kreiste durch sein Hirn und löste eine Fülle widersprüchlicher Gefühle in Alec aus. Sollte er sich freuen, von Steve wegzukommen? Der widerliche Sadist hatte ihn einfach mit Hilfe von K.O.-Tropfen aus einer Kneipe entführt, um ihn dann durch gezieltes Demütigen und Vergewaltigen zu seinem Sklaven zu machen. Dabei hatte Steve sich nie daran gestört, dass sein Gefangener zwar homosexuell, aber nicht devot veranlagt war. Wie lange hatte er ihn nun schon in seiner Gewalt? Alec hatte jedes Zeitgefühl verloren.

Aber vielleicht kam er auch vom Regen in die Traufe? Angst breitete sich in ihm aus, obwohl er sich nicht vorstellen konnte, dass der Unbekannte ihn brutaler quälen konnte als Steve es getan hatte. Gespannt wartete Alec darauf, die samtige Stimme wieder zu hören, doch was dann erklang, war eher ein Seufzer. Er konnte fast spüren, wie sich der Blick des neuen Herrn zwischen seine weit gespreizten Schenkel senkte. Hilflos errötete er unter der Augenbinde; die exponierte Stellung gab ihm keinerlei Möglichkeit, seine beginnende Erektion zu verbergen. *„Verdammt, warum erregt mich die Situation? Bin ich durch diesen Kranken auch mit der Zeit pervers geworden?"*, dachte Alec verzweifelt. „Bitte entschuldige die Respektlosigkeit, Meister!"

„Für so einen grandiosen Ständer musst du dich ganz sicher nicht entschuldigen", flüsterte ihm Steves Nachfolger wieder ins Ohr. Schon fühlte Alec eine hauchzarte Berührung an seinen Brustwarzen – eine feuchte Zungenspitze! Als nächstes wurde die Eichel seines nun voll erigierten Penis' sanft gereizt. Am ganzen Körper bebend, legte er den Kopf in den Nacken und stöhnte leise. Noch nie hatte er eine derartige Anspannung erlebt; trotz seiner schmerzenden Knochen rollte eine Welle des Verlangens über ihn.

„Meister, das dürft Ihr nicht!", keuchte Alec atemlos. „Es ist mein Job, das für *Euch* zu tun!"

Der neue Herr war anscheinend nicht besonders beeindruckt von seinem Hinweis. Die Zunge kreiste neckend um die kleine Öffnung an der Gliedspitze, um dann die ganze beachtliche Länge hinab zu gleiten.

John vergaß mehr und mehr die Rolle, die er zu spielen hatte. Begeistert ließ er den geschwollenen Prachtburschen in den Mund gleiten und versuchte, ihn ganz in seiner Kehle aufzunehmen. Er stöhnte unterdrückt, als er die steigende Erregung seines Spielgefährten fühlte. Wenn er einen überzeugenden „Domino" abgeben wollte, musste er ihm jetzt zumindest versagen, zu kommen …

Es war in einem Nachtclub gewesen, als er Alec zum ersten Mal gesehen hatte. Steve hatte ihn an einer kaum sichtbaren Kette „ausgeführt", die mit Sicherheit an sehr empfindlichen Körperteilen befestigt gewesen war. Zumindest hatte John dies vermutet, da sich der junge Mann auf jeden Wink seines Herrn zwar widerstrebend aber folgsam wie eine Marionette bewegt hatte.

Alecs Augen hatten ihn fasziniert. In dem wunderschönen Gesicht hatten sie blau geleuchtet, doch er hatte nur noch einen letzten Funken des Feuers erahnen können, das sie einmal ausgestrahlt haben mussten. Ein Kämpfer, der den Kampf aufgegeben hatte. So war er auf das seltsame Paar aufmerksam geworden, und sein Interesse hatte Steves Augenmerk auf *ihn* gelenkt.

Voller Bedauern ließ er von Alec ab und atmete tief durch. „Jetzt bist du mein Opfer, denn für deinen alten Meister bist du nicht mehr Opfer genug“, brachte er mühsam heraus. Seine Hose war schmerzhaft gespannt, er musste sich etwas einfallen lassen, um seinen Druck loszuwerden.

Nachdem er sich wieder etwas beruhigt hatte, betrachtete John grinsend seinen Gespielen, der noch immer frustriert den Kopf hängen ließ und versuchte, sein Keuchen in den Griff zu bekommen. Am liebsten hätte er ihn von der Augenbinde und den Fesseln befreit, um ihn auf einem bequemen Bett ausgiebig zu lieben. Aber das passte nicht zu ihrem Plan.

Als er über die feuchte Spitze pustete, zuckte Alecs pralles Glied, und er stöhnte auf: „Bitte! Bitte erlöse mich!“

„Noch sind wir nicht miteinander fertig. Wir lernen uns doch gerade erst kennen.“ John bemerkte, dass es ihm Spaß zu machen begann, diesen hübschen Burschen in seiner Gewalt zu haben. Es hätte ihm noch mehr gefallen, die Lust in seinen Augen zu sehen, denn er war sich sicher, dass das Leben in sie zurückgekehrt war. Alec blinzelte, als das schwarze Tuch hochgeschoben wurde. Obwohl nur ein paar Kerzen in dem fensterlosen Raum brannten, schien ihn das Licht zu blenden.

John wartete gespannt, ob er Erkennen in seinem Blick

lesen konnte, er glaubte allerdings nicht, dass sich Alec an ihre Begegnung in der Bar erinnern würde. Die blauen Augen mit den geweiteten Pupillen musterten ihn neugierig, richteten sich dann aber wieder verträumt auf einen Punkt in der Ferne, als John das vorherige Spiel seiner Zunge mit den Fingerspitzen fortführte.

„Bi - bitte! Ich muss …", jappste Alec, doch sein sanfter Folterknecht schloss ihm mit einem Kuss den Mund. Immer wieder hatte er ihn an den Rand des Orgasmus' gebracht, um dann sein prickelndes Fingerspiel einzustellen, bevor die Entspannung greifbar war. Seine Zunge stieß tief zwischen die Lippen des Gefangenen, zog sich zurück und umkreiste sie langsam. Wie in Zeitlupe imitierte er den Akt, während seine Lenden sich an Alecs rieben.

„Wenn du es ihm nicht bald besorgst, fängt er an zu weinen! Gib es ihm richtig hart, er geht gern bis an die Schmerzgrenze!", durchschnitt Steves harsche Stimme den Raum.

Im Bruchteil einer Sekunde war John auf den Beinen. Schon zu Beginn ihrer Bekanntschaft hatte er sich vorgenommen, diesem Mann niemals den Rücken zuzudrehen, denn sie mochten zwar eine Art Pakt geschlossen haben – er würde dabei aber nicht vergessen, dass Steve nach wie vor auf der Suche nach „Frischfleisch" war. Der Typ war ein gefährlicher Psychopath, darum sollte John zunächst versuchen, seinen eigenen Hintern und den von Alec aus der Gefahrenzone zu bekommen! Vielleicht hätte er doch die Polizei einschalten sollen?

So unerschrocken wie möglich trat er Steve entgegen und war froh, dass er ihn um einen halben Kopf überragte. „Gib mir die Schlüssel von den Fesseln und hole seine

Sachen! Es ist mir zu ungemütlich hier, wir werden jetzt gehen!"

Für einen Moment duellierten sie sich mit Blicken, doch dann verließ Steve wortlos den Raum. In Alecs Augen spiegelte sich das blanke Entsetzen, er hatte gefühlt, dass die Situation auf Messers Schneide gestanden hatte. Sein alter Herr hatte Johns Körper bereits taxiert, und er kannte seinen Geschmack: Bestimmt hätte er diesen starken Hengst gerne eingeritten …

Wenig später saßen sie im Wagen und machten sich auf den Weg zu Alecs neuem Zuhause. Um den Mummenschanz echter wirken zu lassen, hatte John seinem „Untertanen" die Augen wieder verbunden.

„Gut", sagte er erleichtert. Er hatte fast nicht mehr damit gerechnet, mit heiler Haut aus diesem Kerker herauszukommen. „Ich werde dir gleich die neuen Spielregeln beibringen, damit du mir zufriedenstellend dienen kannst, Sklave!" Es fiel ihm schwer, seiner Stimme Strenge zu verleihen, denn er konnte sich vorstellen, dass Alec unter Steves Herrschaft die Hölle durchlebt hatte. Aber er hielt den Plan noch immer für gut, also musste er sich weiter an seine Rolle halten.

„Ja, Meister!", antwortete Alec bebend. Da er nichts sehen konnte, entgingen ihm die zärtlichen Blicke seines neuen „Herrn". Schritt für Schritt würde ihm John den sicheren Boden unter den Füßen zurückgeben, bis er wieder zu einem normalen Leben in der Gesellschaft fähig war. Er würde ihm nicht von der Seite weichen, ihn lieben, bis die Wunden seiner Seele verheilt waren.

„Vielleicht sollte ich im Bett weiterhin darauf bestehen, dass du mich ‚Master John' nennst", dachte dieser genüss-

lich über die Zukunft nach. Er hatte Blut geleckt, und bestimmt konnten sie das Machtgefüge in ihrer Beziehung so gestalten, dass jeder voll auf seine Kosten kam …

Späte Erkenntnis

von Inka Loreen Minden

Wind und Regen peitschen um die Bohrplattform und bringen die künstliche Insel zum Schlingern. Der Mond liegt hinter einer dichten Wolkenschicht verborgen, wobei es hieß, dass das Unwetter noch bis morgen Nachmittag andauern würde. Ich liege im Bett meiner komfortablen Einzelkabine und kann trotz der anstrengenden 12-Stunden-Schicht nicht einschlafen. Schuld ist aber nicht der Orkan, der draußen tobt und lautstark um die Plattform pfeift. Daran habe ich mich nach fünf Jahren auf See längst gewöhnt. Nein – meine Gedanken kreisen immer um Mike, der mich vor mehreren Wochen so vehement in Schutz genommen hat.

Ich hatte mich an diesem Donnerstagabend erst in den Duschraum verzogen, nachdem ich mir sicher war, dass sich die restliche Mannschaft bereits in der Kantine befand, als ausgerechnet Mike hereinkam.

„Hey, Kim", nickte er mir nur kurz zu, bevor er das Wasser andrehte. Dann begann er vor meinen Augen seinen Körper einzuseifen. Ungeniert ließ er dabei die Hände über den Bauch wandern, der von der harten Arbeit gestählt war wie der eines Sportlers. Tiefer glitten seine Finger hinab, brachten durch intensive Bewegungen das Schamhaar zum Schäumen, und schließlich nahm er sein dickes Glied in die Hand, um auch darauf reichlich Seife zu verteilen.

Dieser Anblick war zu viel für meine Beherrschung. Schon begann mein Penis anzuschwellen. Ich drehte mich schnell zur Wand, damit Mike nicht mitbekam, dass er mich ungemein erregte. Jetzt rieb auch ich meinen Schwanz mit Duschgel ein, der bereits so hart war, dass er senkrecht abstand. In Gedanken malte ich mir aus, wie wir beide unter der Dusche übereinander herfielen. Er nahm mich mit Gewalt, wobei er meinen Körper gegen die Fliesen drückte und von hinten in mich eindrang.

„Lass bloß die Seife nicht fallen, Mike!“, riss mich eine Stimme aus meinen erotischen Fantasien. „Die Schwuchtel ist schon ganz spitz auf dich!“

Verdammt, es war Robert! Ich wusste, er kann mich nicht ausstehen, und *er* war auch der Grund, warum ich mich immer erst in den Waschraum verzog, wenn er leer war.

„Haben dir deswegen deine Eltern einen Mädchennamen gegeben, weil sie wussten, dass ihr Kind ein Homo wird, Kimberley?“

„Lass ihn in Ruhe, Rob!“ Mike überraschte mich. Es war das erste Mal, dass er Partei für mich ergriff.

Doch Robert dachte nicht daran. Schon stand er neben mir, um mich an den Schultern zu packen und umzudrehen. Meine Erektion ragte nun für alle sichtbar mitten in den Raum. Vor Scham wäre ich am liebsten gestorben.

„Na, was hab ich gesagt, Mike! Sei froh, dass ich hier bin, sonst hätte die Schwuchtel dir gleich deinen Arsch versilbert!“

„Das reicht jetzt, Robert!“ Mein Herz setzte einen Schlag aus, als Mike herüberkam und sich zwischen uns stellte. „Lass ihn einfach in Ruhe!“

Er machte noch einen Schritt zurück, bis sein Gesäß gegen meinen Penis stieß, doch Mike ließ sich nichts anmerken. Meine Eichel tippte immer wieder gegen seine feuchte Haut, was mich beinahe zur Explosion brachte.

Nur mit Mühe konnte ich ein Stöhnen unterdrücken.

„Wenn ich nicht mit Sicherheit wüsste, dass du in ein paar Monaten heiratest, würde ich glauben, ihr hättet was miteinander“, warf Rob verächtlich ein.

Plötzlich klang Mikes Stimme nicht mehr so fest wie gerade eben. „Wie kommst du denn darauf?“

„Na, ich hab doch gemerkt, dass du in letzter Zeit immer nur mit Kimberley am Bohrschacht arbeitest!“

Ich hatte Angst, dass sich aus dem Streitgespräch bald eine handfeste Schlägerei entwickeln würde, denn Mikes Hände ballten sich an seinen Seiten immer wieder zu Fäusten.

Das ist der Nachteil, wenn man auf einer Bohrinsel arbeitet. Es bleibt kaum ein Ventil, angestauten Frust abzulassen. Nur gut, dass am Montag die 14 Tage Schicht um war. Danach ging es 21 Tage in den Urlaub.

Ich war mir noch nicht sicher, ob ich wieder aus der Freizeit zurückkommen würde. Als Schwuler war ich sowieso schon aus der Gruppe ausgeschlossen. Hier gab es auch ohne mein „Problem“ genug Isolation und Eintönigkeit: arbeiten, essen, schlafen. So sah hier jeder Tag aus. Nur das großzügige Gehalt hatte mich das bis jetzt durchstehen lassen.

„Du weißt ja: Wer die Nerven verliert, verliert seine Stelle“, warnte ihn Mike.

„Na, verlier du mal nicht deine Unschuld, Michaela!“ Schnaubend stapfte Robert aus dem Raum.

Auch Mike ging einfach, ohne sich noch einmal zu mir umzudrehen. Ich konnte mich nicht mal bei ihm bedanken.

Doch das ist nicht das letzte merkwürdige Ereignis gewesen, das meine Gedanken in dieser stürmischen

Nacht nur um Mike kreisen lässt.

Gleich am nächsten Morgen, als ich trotz starken Windes das Bohrgestänge reinigte, fiel mir auf, dass Mike mit einem anderen Kumpel am Schacht daneben arbeitete. Er würdigte mich keines Blickes. *„Hat Rob vielleicht recht mit seiner Vermutung?“*, dachte ich. *„Nein, unmöglich. Ständig erzählt Mike von seiner Freundin Isabella, die er bald zur Frau nehmen wird.“*

In diesem Moment war ich so abgelenkt, dass ich nicht merkte, dass sich eine Stange gelöst hatte und durch die Kraft des Windes genau gegen meine Stirn schwenkte. Ich verlor sofort das Bewusstsein.

Dunkelheit hüllte mich ein. Ich fühlte mich, als würde ich schweben. Eine leise Stimme erklang in meinem Kopf: warm und angenehm. Sie lullte mich ein, trug mich wieder ins Land der Träume, bis ich spürte, wie mir jemand durch das Haar fuhr: so sanft und vorsichtig, dass ich zuerst glaubte, ich würde mir das nur einbilden. Doch ein stechender Schmerz riss mich aus meiner Lethargie. „Mein Schädel zerspringt gleich!“, brachte ich nur flüsternd über meine Lippen, dennoch hallten die Worte unnatürlich laut durch mein Gehirn.

„Hey, das wird schon wieder, Kim!“, sprach die Stimme, bevor sie nach dem Doktor rief. Dann sank ich wieder in tiefen Schlaf.

Doch nicht heute. *„Ob es Mike war, der damals zu mir kam?“* Unruhig wälze ich mich wieder auf die andere Seite. Die Uhr auf dem Nachttisch zeigt mir, dass es bereits nach Mitternacht ist. *„Verdammt, ich muss morgen wieder fit sein!“*

Eigentlich hatte ich ja vorgehabt, aus dem Urlaub nicht zurückzukehren, doch ich muss einfach wissen, ob es

Mike war, der sich um mich gekümmert hat. Der Arzt wollte mir den Namen nicht verraten. „Ich musste es versprechen", hatte er augenzwinkernd gemeint.

Ein Klopfen lässt mich auffahren. *„Wer kann das um diese Zeit sein?"* Ich tapse zur Tür, die ich nachts immer absperre, aus Angst vor Robert. Er würde mir liebend gern die Faust in den Magen rammen, da bin ich mir sicher.

„Hey Kim, bist du noch wach? Ich bin's, Mike", dringt es leise durch das Holz.

Mike? Mein Herz hämmert plötzlich gegen meinen Brustkorb.

Nachdem ich geöffnet habe, sieht er sich noch einmal in dem schwach beleuchteten Gang um, bevor er in mein Zimmer huscht.

„Was ist los?" Fragend starre ich ihn an. Mike trägt nur seine Shorts, und sofort reagiert mein Körper auf den halbnackten Mann, der einfach unverschämt gut gebaut ist, wie ich neidvoll feststelle.

„Ich ... ich muss dir was Wichtiges sagen", stammelt er unbeholfen, wobei er sich durchs Haar fährt.

„Ist was passiert? Ist etwas mit Isabella?"

„Was? Nein ... ihr geht es gut. Es hat mit mir zu tun. Und mit dir."

Noch bevor ich ihn fragen kann, was er damit meint, umarmt er mich fest und presst seine Lippen auf meine. Ich merke, wie sich seine mächtige Erektion gegen meinen Unterleib drückt, und sofort sprechen auch meine Lenden auf den nächtlichen Überfall an. Ungestüm werde ich auf das Bett geworfen, wo er mir die Hose bis zu den Knien herunterzieht. Schon dreht er mich um, ohne dass ich protestieren kann, und ich fühle sein Glied an meinem Po.

„Mike, was machst du?" Ich möchte aufstehen, doch er

lässt mich nicht. Mit seinem halben Gewicht liegt er auf mir und fingert an meinem Hintern herum. „Mike, hör auf, das geht so nicht!“, protestiere ich schwach, denn eigentlich möchte ich ja, dass er genau das macht. Jetzt spüre ich den Druck seiner Eichel an meinem Anus, fühle, wie er viel zu schnell gedehnt wird und sich der Ring nur langsam öffnet, weil unsere Haut zu trocken ist.

Mike sagt kein Wort. Er stößt in mich hinein, als wäre er wütend. Ich höre ihn keuchen wie einen wild gewordenen Stier. Und auch wenn er mich einfach nimmt, gegen meinen Willen, macht es mich unsagbar an. Er benutzt mich so, wie ich es mir in Gedanken längst ausgemalt habe.

Meine Härte presst sich fest gegen die Matratze, und als er kommt, verströme auch ich mich in die Laken.

Dann ist es vorbei – viel zu schnell – und ich bleibe starr liegen, ohne etwas zu sagen. Ich höre sein Keuchen, ganz nah an meinem Ohr, doch plötzlich fängt sein Körper zu zittern an. Sofort zieht er sein Glied aus mir heraus.

„Scheiße, Mann! Das wollte ich nicht!“, schluchzt er erstickt auf und rennt aus dem Zimmer.

Ich brauche eine Weile, um zu begreifen, was gerade passiert ist. Mein Hintern brennt ob der groben Behandlung, doch ich kann Mike dafür nicht verurteilen. Ich weiß, wie er sich fühlt. Das alles habe ich selbst schon hinter mir.

Ohne groß nachzudenken, ziehe ich mir die Hose nach oben und trete in den halbdunklen Gang. Ich weiß nicht einmal, wo Mike wohnt, und so gehe ich von Tür zu Tür, die Namensschilder lesend, bis ich endlich davorstehe.

Gerade, als ich klopfen möchte, höre ich Stimmen aus

seinem Zimmer. Mein Magen verkrampft sich. Wer ist zu dieser Zeit bei ihm? Doch als ich eine Frauenstimme höre, registriere ich, dass er telefoniert. Leise drücke ich die Klinke nach unten und schleiche in den Raum.

Es ist dunkel in Mikes Zimmer. Nur das kleine Display des Handys erleuchtet das Bett auf dem er liegt, seinen Kopf halb unter dem Kissen vergraben.

„Was denkst du jetzt von mir, Isabella?", fragt er und schnäuzt sich.

Sie ist kein bisschen böse oder aufgeregt, sondern meint nur: „Es ist gut, dass du es noch vor unserer Heirat herausgefunden hast, doch ich hatte schon lange so etwas vermutet."

„Wieso?" Mike klingt erstaunt.

„Na ja, irgendwie leben wir doch mehr wie Bruder und Schwester zusammen, oder?"

Nach einer kurzen Pause sagt er: „Aber ich liebe dich, Isabella."

„Ich liebe dich auch, Mike, doch es ist nicht die Art von Liebe, die ein Ehepaar verbinden sollte."

„Und wieso wolltest du mich dann heiraten?"

„Sex ist eben nicht alles", tönt es aus dem Telefon. „Und jetzt versuch zu schlafen. Ich möchte nicht, dass dir auch so ein Unfall passiert wie Kim."

„Sie weiß davon?" Ich bin überrascht und schließe leise die Tür hinter mir.

„Du solltest gleich morgen Früh zu ihm gehen, Mike. Rede mit ihm, sag ihm, was du für ihn empfindest."

„Das weiß ich doch längst", erwidere ich, worauf sich Mike erschrocken im Bett aufsetzt und das Nachtlicht anknipst.

„Träumt was Schönes, ihr beiden", meint Isabella noch,

bevor sie auflegt.

Eine Weile starren wir uns nur an, bis ich genug Mut aufbringe, um mich zu ihm aufs Bett zu setzen. Als ich einen Arm um Mike lege und ihn an mich drücke, vergräbt er sein Gesicht an meinem Hals. „Ich wollte dir nicht wehtun, Kim. Es tut mir leid!“

„Ich weiß“, flüstere ich nur und drücke ihn zurück ins Kissen. Nachdem ich das Licht gelöscht habe, decke ich uns zu. „Isabella hat recht, wir sollten jetzt versuchen zu schlafen.“

Sichtlich erleichtert stößt er den Atem aus und kuschelt sich an mich. Doch ich weiß genau, dass ich diese Nacht kein Auge mehr zubekommen werde. Dafür bin ich viel zu glücklich.

Entführt

von Nicole Henser

Chris grinste, er betrachtete voller Vorfreude ihr „Opfer". Der junge Mann lag noch immer betäubt auf dem breiten Bett. Matthias Krusenboom, genannt Mats.

Zufällig hatte er von dem Coup Wind bekommen: Eine Bande zwielichtiger Gestalten hatte vorgehabt, den Sohn eines Großindustriellen zu kidnappen, um ein hübsches Lösegeld für ihn zu kassieren. Eigentlich hatte Chris nicht das kriminelle Potential, um sich solchen Machenschaften anzuschließen, aber er kannte das Entführungsopfer aus der Regenbogenpresse. Er war ein wirklich gut aussehender Bursche – und Chris hatte eine Schwäche für gut aussehende Burschen. *„Gestern noch Liebling des Jet-Sets – und heute meiner!"*

Grundsätzlich betrachtete er sich als sein Schutzengel, denn die anderen Kidnapper waren vierschrötige Kerle, denen er einiges zutraute. Schließlich sollte dem reichen Adonis nichts zustoßen, und Chris gedachte für seine Unterhaltung zu sorgen.

Mats bewegte sich leicht und griff sich leise stöhnend an den Kopf. Noch waren seine Augen geschlossen, also hatte Chris ausreichend Zeit, um sich ganz in Ruhe einen Kaffee einzugießen. *„Werde munter, mein Süßer! Ich bin ganz heiß darauf, dich endlich kennenzulernen!"*

Er hatte mit den Gangstern vereinbart, dass sie ihn mit dem jungen Mann allein ließen, damit er ihm die Flötentöne beibringen konnte. Sie hatten dreckig gegrinst und ihm jede Menge unbrauchbarer Ratschläge auf den Weg gegeben. Chris hatte den Spott ebenfalls grinsend über sich ergehen lassen – das war es ihm wert!

Der Atem seines Gefangenen hatte sich wieder normalisiert, anscheinend wurde er langsam wach und stellte sich nur noch schlafend. Chris setzte sich vornüber gebeugt auf einen Stuhl vor dem Bett und betrachtete ihn gespannt. Er hielt seine Tasse in den Händen und drehte sie hin und her.

Sein Blick glitt über Mats' Körper. Er war wunderbar gebaut, sehr muskulös, aber elegant. Das blonde Haar mit den sonnengebleichten Strähnen trug er im Nacken kurz und am Oberkopf etwas länger, es hing ihm fransig ins Gesicht. Ein Musiker, ein Rebell, der mit den Regeln seiner engen materiellen Welt haderte.

„Bestimmt sind die Weiber hinter dir her wie eine Horde wilder Hühner. Aber wir beide wissen, dass du auf Schwänze stehst."

In Chris' Magen stieg ein Kribbeln auf, als er sich vorstellte, was er mit ihm tun würde … Doch da bemerkte er, dass sich Mats' Muskeln anspannten, offensichtlich hatte er etwas vor. Er stellte seine Tasse weg und machte sich bereit. *„It's showtime!"*

Keine Sekunde zu früh, denn er konnte ihn gerade noch stoppen, als der athletische Körper hochschnellte. Mit ein paar kräftigen Griffen hatte Chris ihn in seiner Gewalt und schleuderte ihn gegen die Wand.

Mats stöhnte auf, als er gegen den rauen Putz gepresst wurde. Sein Entführer hatte die Handgelenke umfasst und nagelte sie mit seinem Gewicht fest; von hinten drückte sich sein Körper gegen ihn. Nachdem er seine Beine auseinander getreten hatte, spürte er nur noch den keuchenden Atem im Nacken. Für einige endlos lange

Momente blieben sie regungslos in dieser Haltung stehen.

Dann fühlte Mats die Erregung, die das Handgemenge in seinem Kidnapper geweckt hatte. Eine mächtige Erektion schmiegte sich an ihn, und ein Zittern durchlief den Körper seines Hintermannes, als er ihm ins Ohr brummte: „Du kannst dir jetzt genau überlegen, ob du willst, dass ich dich mit einer blutigen Nase nehme, oder ob du dabei auf die schmerzenden Knochen verzichten kannst. Das Endergebnis bleibt dasselbe! Mir ist das einerlei, es hat beides seinen Reiz, ob du dich nun wehrst oder nicht."

„So ein Mist, wie soll ich meinen Allerwertesten heil hier rausbekommen?", dachte Mats verzweifelt. Er wusste noch nicht so ganz, wo er gelandet war, aber die Absichten seines Peinigers waren ihm klar.

„Mein Name ist übrigens Chris", sagte dieser mit bebender Stimme, er konnte es anscheinend kaum erwarten, endlich zum Zuge zu kommen. Unvermittelt stieß er sich von der Wand ab und warf Mats auf das breite Bett zurück.

Der junge Mann landete auf dem Rücken und stützte sich auf, um sein Gegenüber besser sehen zu können, denn Chris lehnte sich nun gemütlich auf das hohe Bettgestell am Fußende. Man hatte Mats bis auf die Jeans entkleidet, und er bot einen sehr anregenden Anblick. Vor allem konnte er nicht verbergen, dass auch in seinem Schritt die Hose beachtlich spannte.

„Hi, Chris", sagte er mit einem schiefen Lächeln, um seinen Zustand zu überspielen, obwohl er wusste, dass dieser seinen Ständer bemerkt hatte. Der hochgewachsene Mann quittierte die Beobachtung mit einem Lächeln, das sein markantes Gesicht weicher erschienen ließ.

In Mats' Blick flackerte wilder Trotz, als er ihn taxierte. *„Verdammt, gegen diesen Typen habe ich keine Chance. Ich bin zwar kein Schwächling, aber er ist größer und breiter als ich und weiß vor allem, wie man kämpft. Wenn ich ihn provoziere, möchte ich nicht wissen, was mir dann blüht."*

Seine Augen saugten sich förmlich an Chris' Gesicht fest. Mats war erleichtert, dass er keinen brutalen Zug um seinen Mund entdecken konnte. Vielmehr erklärte Chris mit einem warmen Lächeln, dass er nun beabsichtigte, ihn zu vergewaltigen. „Es wäre gesünder für dich, wenn du dich fügen würdest. Eigentlich möchte ich dir nicht unnötig wehtun."

Der Gefangene ließ den Kopf matt in den Nacken fallen, weil es in seinem Hirn noch immer dröhnte – die Nachwirkungen des Betäubungsmittels, das ihm verabreicht worden war. Sein Adamsapfel trat spitz hervor und tanzte aufgeregt. Er sank langsam auf das Kopfkissen zurück und schloss die Augen. *„Soll Chris dies ruhig als Kapitulation ansehen, vielleicht ergibt sich eine Fluchtmöglichkeit, wenn er sich in Sicherheit wähnt."*

„Ich mag es etwas temperamentvoller als die meisten, ich hoffe, das stört dich nicht." Chris lachte tief. Seine Hände wanderten genüsslich über den Körper mit der samtweichen Haut. Mats öffnete erschreckt die Augen, als er eine Brustwarze zwischen zwei Finger nahm und sie fest drückte.

„Das prickelt, nicht wahr?" Wieder das tiefe Lachen, dann glitten die streichelnden Hände hinunter zu der ausgebeulten Jeans. Der junge Mann sog zischend die Luft ein, als Chris sanft zudrückte, die stattliche Erektion ganz in seiner großen Hand. Er umfasste ebenfalls die Hoden und knetete den gesamten Bereich heftig durch.

„Keine Sorge, ich weiß, wie weit ich gehen kann. Du bist nicht der Erste, der eine ‚harte Massage' bekommt."

Mats wand sich unter der rüden Behandlung seiner Weichteile, bei denen von „weich" nicht mehr die Rede sein konnte – hin und her gerissen zwischen aufsteigender Lust und Schmerz.

„Komm schon, lass mich hören, ob es dir gefällt", flüsterte Chris, doch er schwieg eisern. Als er Mats' Jeans öffnete, federte der voll entwickelte Ständer erleichtert heraus.

Der Gefangene stöhnte gequält auf, da sich sein Mund direkt darüber senkte und begann, kräftig zu saugen. Mats klammerte sich am Eisengestell fest, anscheinend biss er die Zähne zusammen, um nicht laut aufzuschreien, dennoch vollführte sein Becken pumpende Bewegungen. Chris ließ erst von ihm ab, als es danach aussah, dass sich sein Höhepunkt bereits ankündigte.

„Du darfst noch nicht kommen. Ich habe noch einiges mit dir vor, bevor ich dir erlaube, deine Lust zu entladen!" Atemlos schaute Mats seinen Peiniger an, die Augen dunkel vor Lust. „Sachte, bitte! Ich glaube, dass ich es etwas sanfter mag", stammelte er.

„Dreh dich um und strecke mir deinen süßen Hintern entgegen!" Das Kommando ließ ihn zusammenzucken.

„Was hast du vor?"

„Du willst mir doch nicht weismachen, dass du Angst hast, oder?" Chris schaute ihn ungläubig an und lächelte über Mats' bestürztes Gesicht. „Keine Sorge, ich werde sehr vorsichtig sein. Es wird Zeit, dass du bei den großen Jungs mitspielen darfst!"

„Und wenn ich das gar nicht will?"

„Wer hat gesagt, dass du vorher gefragt wirst?" Da sein widerspenstiger Geselle keine Anstalten machte, ihm die Rückseite anzubieten, umfasste Chris seine Hüften und drehte ihn kurzerhand um. Erst hielt Mats dagegen, doch dann sah er ein, dass es keine Möglichkeit gab, sich zu sträuben.

Chris entkleidete ihn geübt, griff nach einer Flasche mit Öl und rieb die festen Pobacken damit ein. Seine Finger teilten das Fleisch und kreisten auf der Rosette, um den Muskel geschmeidig zu machen. Ohne großen Widerstand gewährte der runzelige Kranz Chris' Daumen Einlass, nachdem die ganze Region mit einem flutschigen Film überzogen war.

„Alles an ihm ist golden und rosig, er wirkt so unschuldig. Ich möchte wissen, von wem dieses Loch schon gefickt worden ist", stellte Chris gedanklich fest, und es stieg eine verwirrende Eifersucht in ihm hoch. Mats' Atem bebte und mit ihm sein ganzer Körper.

„Was hältst du davon, wenn wir mal schauen, wie weit sich der entzückende Ring dehnen lässt?" Chris bewegte seinen Daumen und goss noch eine gute Portion Öl nach, dann folgte Daumen Nummer zwei. Behutsam weitete er den Muskel ein wenig. „Ich würde dich gern fisten."

„Nein, um Gottes Willen!", keuchte Mats auf, er verkrampfte sich und versuchte sich zu befreien.

„Vielleicht fehlt ihm doch die Erfahrung in diesen Dingen. Soll ich es trotzdem tun?" Chris ächzte, er konnte seine Erregung kaum noch zügeln, dann zog er sich plötzlich aus Mats' Körper zurück. Mit fahrigen Bewegungen entledigte er sich seiner Kleider und legte sich neben ihn. Sein Blick glitt über das von feinen Schweißtropfen überzogene Gesicht, und er sah Tränen in

Mats' Augen glitzern. „Scheiße!", murmelte Chris. *„Ich wollte ihn nicht verletzen!"*

Sanft küsste er die feuchte Haut und ließ die Zunge über die geöffneten Lippen gleiten, um dann tief in Mats' Mund einzutauchen. Ihre Zungenspitzen begegneten sich, und zu Chris' Erstaunen erwiderte der junge Mann den Kuss zärtlich. Das stachelte seine Leidenschaft zusätzlich an, und er umfasste das zuckende Glied, das sich verlangend in seine Hand drückte. Mats stöhnte in seinen Mund.

„Ich kann einfach nicht anders, ich muss ihn haben!" Chris rollte sich über ihn, sein pochender Ständer drang ansatzlos in den gut geschmierten Anus ein, und er nahm ihn mit kräftigen Stößen. Aber dann änderte er das Vorgehen, indem er zwischen Mats' Beinen kniete und den Eindringwinkel so wählte, dass er sein verborgenes Lustzentrum stimulierte. Sie kamen gemeinsam, heiße Wogen schlugen über ihnen zusammen, und die Luft war erfüllt von lustvollem Stöhnen.

Chris sank neben ihm auf die Laken, doch als er Mats an sich ziehen wollte, rollte sich dieser zusammen wie ein waidwundes Tier. Einsamkeit schlich sich in das hämmernde Herz des „Vergewaltigers"; er hatte schon oft nach einem Orgasmus so empfunden, aber es hatte noch nie so geschmerzt.

Als sich sein Puls langsam wieder beruhigte, drehte sich Mats zu Chris um und schmiegte sich an ihn, die Lippen suchten seinen Mund. Mit der Zungenspitze erspürte er die Ansätze der Bartstoppeln, die ihn schon während ihres vorherigen Kusses leicht wund gescheuert hatten.

„Ich küsse einen Mann!", ging ihm immer wieder durch

den Kopf. *„Unfassbar!“*

„Dafür, dass es mein erstes Mal war, hättest du ruhig etwas weniger rau mit mir umgehen können“, bemerkte Mats, als sie kurz Atem holen mussten.

Chris schaute ihn entsetzt an: „Wieso das? Ich dachte, du wärst schwul?“

„Wie kommst du denn zu *der* Weisheit?“ Mats errötete leicht. „Ich habe meine letzte Freundin gebeten, einen Strap-On für mich zu tragen und mich damit zu vögeln, weil ich gern gewusst hätte, wie das ist. Aber die blöde Kuh wollte nicht und hat stattdessen überall verbreitet, ich würde auf Männer stehen. Davon hat die Presse natürlich auch Wind bekommen.“ Er runzelte die Stirn. „Glaubst du alles, was du in den Klatschblättern lesen kannst?“

Nun war es an Chris, zu erröten. Verlegen grinsend zuckte er mit den Achseln.

Mats schaute ihm tief in die Augen und nickte. „Vielleicht hast du in meinem Fall gar nicht so Unrecht. Ich habe es sehr genossen, was du mit mir angestellt hast.“

„Hmmm, mir hat es auch gefallen“, brummte Chris an seinen Hals und fuhr mit der Zunge über die salzige Haut. „Am liebsten würde ich dich nie wieder loslassen.“

Diese Worte machten Mats sehr nachdenklich. *„Er ist nicht der grobe Klotz, für den ich ihn zu Beginn gehalten habe. Chris ist ein intelligenter Mann, auf seine Art sogar sinnlich – und begehrenswert. Mein bisheriges Leben hat mich nicht glücklich gemacht, also warum soll ich es nicht mit ihm versuchen?“*

Der Entführte konnte sich dunkel daran erinnern, dass er betäubt worden war, um dann verschleppt zu werden. Im Dämmerzustand hatte er mehrere Männerstimmen unterscheiden können. Chris war demnach nicht der einzige Kidnapper …

Es war ihm sehr ernst, als er ihm seinen Vorschlag unterbreitete: „Bitte Chris, halt mich fest! Ich habe das Gefühl, dass du mich aufgeweckt hast. Vielleicht bin ich wirklich schwul?“ Er machte eine kurze Pause und schaute ihm tief in die Augen, bevor er fortfuhr: „Hast du eine Idee, wie wir die Ganoven da draußen loswerden können? Dann ziehen wir das Ding alleine durch und – “

An dieser Stelle wurde er durch einen sanften Kuss unterbrochen, denn Chris' kreatives Hirn arbeitete bereits auf Hochtouren an einem Plan.

<u>Der Traum-Mann</u>

von Inka Loreen Minden

Desmond hielt sich nicht für einen gewöhnlichen Incubus.

Den Lesern unter euch, die nicht wissen, was ein Incubus ist, sei erklärt: Das ist ein männlicher Dämon, der sich normalerweise von der Lebensenergie schlafender Frauen ernährt, doch Desmond war ja nicht „normal". Er stand ausschließlich auf Männer. Und er hatte es auch nicht auf ihre Lebensenergie abgesehen, sondern auf ihr Sperma, das ihm so köstlich schmeckte wie eine delikate Nachspeise.

Sein bevorzugtes Opfer hieß Brendan Ellerton. Der junge Mann tat ihm irgendwie leid. Er war schwul, hatte aber noch nicht sein Coming-out gehabt. So quälte er sich lieber mit den Händen ab, anstatt sich einen Kerl aufzureißen, dem er es so richtig besorgen konnte.

Aber eigentlich wollte Desmond nicht, dass Brendan jemanden fand, mit dem er fortan sein Leben teilte. Dess wollte ihn ganz für sich allein.

So vergnügte sich der Dämon jede Nacht an dessen Körper, ohne dass dieser erwachte. Am Morgen konnte er sich höchstens in Form eines Traumes an seinen nächtlichen Besucher erinnern, was Desmond äußerst schade fand, denn er hatte sich in sein Opfer verliebt.

Auch in dieser Nacht, als der junge Mann sich im Tiefschlaf befand, kroch er zu ihm unter die Decke. Sein Geruch, die Zartheit seiner Haut und jeder Winkel seines Körpers waren ihm mittlerweile so vertraut, als würde er Brendan schon ewig kennen.

„Du hast mich vom ersten Augenblick an verzaubert",

hauchte er dem Menschen gegen die Lippen, bevor er ihn sanft küsste. *„Wie sehr wünschte ich, du würdest diesen Kuss erwidern. Nur ein Mal“*, dachte er traurig. Desmond hasste es, ein Dämon zu sein. Doch er hatte sich sein Leben ebenso wenig aussuchen können wie Brendan seine Neigung zum selben Geschlecht. Das Schicksal stellte manchmal Aufgaben, für die es keine leichte Lösung gab.

Desmond wollte es heute schnell hinter sich bringen. Er verzehrte sich so sehr nach diesem Mann, dass er es kaum noch ertrug, ihn zu berühren, ohne von ihm eine liebevolle Geste zurückzubekommen. So warf er die Decke auf die Seite und zog Brendan die Pyjamahose bis zu den Knien herunter.

Wenigstens seine Anwesenheit schien dieser zu spüren, denn sein Glied hatte sich bereits in freudiger Erwartung aufgerichtet. „Ich bin verrückt nach deinem Geschmack!“ Tief versenkte Dess die Nase in dem gestutzten Schamhaar. „Und dein Geruch betört alle meine Sinne.“

Gekonnt leckte er an dem samtigen Schaft auf und ab, und umschloss mit den Lippen fest die Eichel. Er formte mit dem Mund einen Ring, bevor er sanft zu saugen begann. Dabei streichelte er Brendans Hoden und drückte eine Stelle auf dessen Damm, die ihn innerhalb weniger Minuten zum Höhepunkt bringen würde. *„Ich darf keine Lust für dich empfinden“*, dachte der Dämon betrübt und ignorierte das Pochen zwischen seinen eigenen Beinen. Er hätte Brendan nehmen können, so, wie er es zu Beginn immer getan hatte, doch das war längst vorbei. Der junge Mann sollte sich ihm freiwillig hingeben.

Desmond saugte und massierte weiter, bis sich Brendan im Bett hin- und herwälzte. Seine Atmung beschleunigte sich, und er ließ ein kehliges Stöhnen hören, das dem

Incubus wohlige Schauer über den Körper trieb.

Dann war es so weit: Sein Opfer pumpte den Samen in kräftigen Schüben in seinen Mund, und Dess schluckte und leckte, bis nichts mehr kam. Anschließend beseitigte er mit der Zunge die verräterischen Spuren, zog Brendan wieder an und deckte ihn zu.

Ein beinahe übermächtiges Gefühl der Leere überfiel ihn. Wie beschrieben die Menschen diesen Zustand? Trauer? Liebeskummer?

„Warum muss gerade ich *ein Incubus mit Herz und Gewissen sein?"* Betrübt wollte er verschwinden, doch irgendetwas hielt ihn heute zurück.

Lange Zeit beobachtete er den friedlich schlafenden Mann und stellte sich vor, wie es wäre, kein Dämon sondern ein Mensch zu sein. Dann würde er sich neben Brendan legen, sich an ihn kuscheln, ihn noch eine Weile streicheln und dann zufrieden einschlafen.

„Nur einmal ausprobieren, wie sich das anfühlt", dachte sich Dess und war schon nach kurzer Zeit in tiefen Schlummer gefallen.

Wie jeden Morgen in den letzten Wochen erwachte Brendan mit einem seltenen Glücksgefühl. Die erregenden Träume ließen ihn mehr als befriedigt in den Tag starten, und er hatte auch nicht mehr das Bedürfnis, sich jemandem zu offenbaren. Er war zufrieden, so, wie es ihm gerade ging.

Die Augen geschlossen, um die Nachwehen noch ein wenig zu genießen, drehte er den Kopf auf die andere Seite. Plötzlich kitzelte ihn etwas an der Nase. Er hob langsam die schweren Lider und blickte in ein Wirrwarr dunkler Haare. *„Dwaine, du verflixter Köter, wie oft hab* *ich dir schon gesagt, dass Hunde im Bett nichts verloren haben!"*, dachte er sich, und wollte den Retriever gerade aus dem Bett werfen, als dieser seinen Namen murmelte.

„Herr im Himmel! Dwaine spricht!" Sofort war er hellwach und setzte sich kerzengerade im Bett auf. Doch es war nicht sein Haustier, das er neben sich erblickte: Dort lag ein Mann!

Ungläubig schüttelte Brendan den Kopf und zwinkerte ein paar Mal, doch es schien kein Traum zu sein. Der hübsche Typ war real! Nur irgendetwas passte nicht ganz in das Bild: er besaß so spitze Ohren wie Mr. Spock!

Sein Herz begann einen wilden Tanz. *„Vielleicht doch ein Traum?"* Fest zwickte er sich mit den Fingernägeln in den Handrücken. *„Au! Also bin ich wach!"*

Fasziniert ließ er den Blick über den großen Kerl wandern, der die ganze Hälfte des Doppelbetts ausfüllte. Er schien vollkommen nackt zu sein, zumindest bis zu den Hüften trug er nichts am Leib. So weit war ihm die Decke über den gut definierten Bauch gerutscht. *„Warum nur breche ich nicht in Panik aus? Hier liegt schließlich ein Fremder in meinem Bett – in meiner Wohnung!"* Doch etwas an ihm kam Brendan vertraut vor. *„Sein Geruch ... wie taufrisches Moos."*

Er beugte sich gerade zu ihm herüber, um den Duft, der angenehme Assoziationen in ihm weckte, tief zu inhalieren, als der Mann plötzlich seine Augen aufschlug.

Intensiv starrte dieser ihn an, und Brendan hätte sich beinahe in den kobaltblauen Tiefen verloren, in denen silberne Pünktchen glitzerten.

Desmond hielt die Luft an. *„Verdammt, wie konnte mir nur solch ein Missgeschick passieren? Wie komm ich denn* *aus dieser Lage wieder heil raus?"*

Brendan saß einfach nur neben ihm und blickte auf ihn herab. „Wie bist du in meine Wohnung gekommen und was suchst du in meinem Bett?" Er klang erstaunlich ruhig.

„Ich hab mich wohl in der Tür geirrt", flunkerte Dess und schloss verzweifelt die Lider. *„Verflucht, die Bruderschaft wird mich töten, wenn sie herausfindet, dass ein Mensch mich gesehen hat."*

Plötzlich saß Brendan auf seinem Bauch, die Hände um seinen Hals gelegt, und drückte leicht zu. „Die Wahrheit! Bist du ein kranker Perverser?"

Wieder fühlte Dess dieses schwere Gefühl um seine Herzgegend, wobei er dachte: *„Ja, irgendwie schon."*

„Nun sprich schon, oder ich rufe die Polizei!"

Brendan fühlte die unwahrscheinliche Hitze zwischen seinen Schenkeln, die diese Person verströmte, worauf sein Glied zuckte. *„Warum müssen die attraktiven Typen immer hetero oder pervers sein?"*, sinnierte er. Doch sofort lockerte er den Griff, als er bemerkte, dass sich Tränen in dessen Augen sammelten.

„Ich ... bin ...", stotterte er, „der Mann aus deinen Träumen."

Eine Weile blickte er den Fremden entgeistert an. *„Der Mann aus meinen Träumen? Wie meint er das?"* Und plötzlich glaubte er sich zu erinnern: *„Die Träume, die so verdammt real waren ... hat sich dieser Mann etwa jede Nacht in meine Wohnung geschlichen?"*

In Gedanken spielte er die verrücktesten Möglichkeiten durch, die ihm vielleicht eine Antwort liefern konnten, doch er kam zu keinem vernünftigen Ergebnis. *„Dwaine* *duldet keine Fremden. Er hätte Alarm geschlagen.“*

Die samtige Stimme seines Gegenübers riss ihn aus den Überlegungen. „Bitte sag niemandem, dass du mich gesehen hast.“ Er klang so deprimiert, dass es Brendan das Herz einschnürte.

Mit Leichtigkeit befreite sich das attraktive Spitzohr aus seinem Griff und setzte sich auf. Brendan saß immer noch auf seinem Schoß, als der Mann ihn zögerlich umarmte und ihm einen Kuss auf die Lippen hauchte. *„Ich kenne diesen Mund …“* Zu keinem klaren Gedanken mehr fähig, steckte er ihm einfach die Zunge hinein, schmeckte den Fremden und spürte eine seltsame Vertrautheit. Und noch etwas anderes spürte er: Dieser Mann war ebenso sehr erregt wie er selbst. Der Beweis dafür drückte sich angenehm gegen seine Pobacken.

Der Unbekannte küsste ihn mit einer Hingabe, die an Verzweiflung grenzte, was in Brendans Magen einen Sturm der Gefühle auslöste, doch abrupt zog dieser mysteriöse Kerl den Kopf zur Seite und unterbrach das herrliche Ereignis.

„Lebe wohl, Brendan“, schnurrte er an seinen Hals. Der Klang dieser erotischen Stimme brachte seinen ganzen Körper zum Vibrieren.

Plötzlich hörte er ein leises „Plopp“, worauf Brendan nach vorne kippte und auf der Matratze landete. Der Mann war einfach so verschwunden; hatte sich in Luft aufgelöst! *„Spinne ich?“*

Er tauchte seine Nase tief in die Laken, spürte dem vertrauten Geruch nach, fühlte die Wärme, doch nach und nach verblassten diese Wahrnehmungen und Brendan zweifelte an seinem Verstand. *„Ich habe das alles nur geträumt“*, versuchte er sich einzureden, obwohl er es besser wusste. *„Ich kenne nicht einmal seinen Namen."*

Desmond fühlte sich hundeelend. „Krank" würden die Menschen sagen – ja, er fühlte sich krank.

Drei Nächte hatte er es bis jetzt geschafft, sich von Brendan fernzuhalten, doch heute konnte er nicht mehr. Er sehnte sich so verzweifelt nach ihm, dass er beinahe durchdrehte.

„Ich werde in der Zwischenwelt bleiben und ihn nur beobachten", nahm er sich vor, als er sich in einer dunklen Zimmerecke materialisierte.

Zuerst sah er nur den großen Hund, der vor dem Bett lag und ihn kurz mit einem Gähnen begrüßte, bevor er die Schnauze wieder unter die Pfoten steckte und weiterdöste.

Unsichtbar schlich er zu dem Tier, um es hinter den Ohren zu kraulen. Er mochte Dwaine. Irgendwie erinnerte er ihn an den Wolf, den er sich mal als Haustier gehalten hatte.

Anschließend blickte er auf das Bett. Brendan lag quer darüber, die Decke war auf den Fußboden gerutscht. Anscheinend hatte er einen sehr unruhigen Schlaf.

So geräuschlos wie möglich versuchte er, das Federbett aufzuheben, um Brendan damit zuzudecken. Er hatte eigentlich nicht vorgehabt, ihm so nah zu kommen, doch er wollte nicht, dass sich der sexy Kerl erkältete.

Wie gerne wollte er ihn berühren, aber er hatte Angst, dass er dann aufwachte. Schließlich hatte Brendan ihn gesehen. Der Schlafzauber würde nicht mehr wirken.

Plötzlich drehte er sich auf den Rücken und stöhnte. Erschrocken wich Desmond in das dunkle Eck zurück, doch er wollte noch nicht gehen. Er verzehrte sich so unendlich nach diesem Menschen und wollte nur noch ein wenig seine Nähe genießen.

„Ich weiß, dass du hier bist!“, hörte er plötzlich laut und deutlich seine Stimme. „Ich kann dich riechen!“

Der Dämon hielt erschrocken den Atem an, sagte jedoch nichts.

Brendan hatte sich mittlerweile aufgesetzt und das Nachtlicht angeknipst. Verschlafen rubbelte er sich über die Augen. *„Bei den Nachtalben! Sieht er süß aus!“* Desmonds Herz schlug schneller.

Der junge Mann blickte sich im Zimmer um. „Bitte zeige dich! Ich habe auch niemandem erzählt, dass ich dich gesehen habe, Incubus.“

Dess erstarrte. *„Er weiß, was ich bin?“*

Und als hätte dieser seine Gedanken gehört, meinte er: „Ich habe recherchiert. Im Internet.“ Sichtlich verzweifelt fuhr sich der junge Mann durchs Haar. Nachdem er sich geräuspert hatte, murmelte er: „Du fehlst mir.“

Desmond konnte ihm keine Antwort geben. *„Ich fehle ihm?“* Der hübsche Bengel machte es ihm nicht gerade leicht. *„Ich sollte jetzt lieber verschwinden.“*

„Ich kenne nicht einmal deinen Namen“, meinte dieser plötzlich und der Incubus hielt inne.

„Desmond“, flüsterte er. „Mein Name ist Desmond.“

Brendan zuckte leicht zusammen, doch mutig klopfte er mit der Hand auf die Matratze. „Komm zu mir, Desmond. Ich beiße nicht. Bitte zeige dich.“

Einen Augenblick lang war der Dämon hin und her gerissen. Er wünschte sich nichts sehnlicher, als zu ihm unter die Decke zu schlüpfen, doch er war schon viel zu weit gegangen. Verträumt erinnerte er sich an den leidenschaftlichen Kuss, worauf er von einer tiefen Sehnsucht erfasst wurde, die stärker war als seine Angst vor der Bruderschaft.

Zögerlich trat er auf das Bett zu und machte sich sichtbar.

Brendans Augen weiteten sich. „Du bist ja angezogen!"

„Enttäuscht?", lächelte Desmond verschmitzt, um die angespannte Situation etwas aufzulockern.

Der junge Mann errötete. „Ich meinte, dass du aussiehst, wie ein ganz normaler Mensch, wenn man von deinen Ohren mal absieht."

Der Incubus blickte kurz an sich herunter. Heute trug er ein eng anliegendes T-Shirt und ausgewaschene Jeans. „Ich passe mich immer den Gepflogenheiten meiner Umgebung an, auch wenn ich das nicht müsste, denn normalerweise bekommt mich kein Mensch zu sehen." Etwas steif setzte er sich neben Brendan auf die Matratze. „Meine Ohren sind furchtbar, nicht wahr?"

Daraufhin rutschte Brendan näher und blickte ihn ernst an. In Desmonds Bauch kribbelte es. „Nein, ich finde sie knuffig."

Langsam streckte der Mann die Hand aus und fuhr ihm sanft über die Ohren und sein Gesicht. Der Dämon hielt die Luft an und schloss die Augen. *„Das fühlt sich so verdammt gut an!"*

Brendan zeichnete den Schwung seiner Lippen nach, strich ihm über die Nase und vergrub die Finger in seinem Haar.

„Für einen Dämon bist du äußerst attraktiv. Ich hatte mir eure Art immer gruseliger vorgestellt." Tief blickte er in seine Augen. Desmonds Atmung beschleunigte sich.

„Dafür, dass du mir jede Nacht meine Lebensenergie ausgesaugt hast, habe ich mich aber sehr gut gefühlt", meinte Brendan.

„Oh nein, ich habe dir ... ich habe etwas anderes von dir genommen“, verteidigte sich Dess, wobei diesmal *ihm* die Röte in die Wangen fuhr.

Brendan kam mit seinem Gesicht immer näher und hauchte: „So etwas hatte ich schon vermutet.“

Desmond hielt die Spannung zwischen ihnen nicht mehr aus. Ungestüm zog er ihn an sich und presste die Lippen auf seinen Mund. Der junge Mann stöhnte und begann, dem Incubus die Kleider auszuziehen.

„So geht es schneller“, meinte dieser, schnippte mit den Fingern und lag plötzlich nackt in Brendans Armen.

„Das möchte ich auch können.“

„Du kannst Besseres als das!“ Desmond genoss die wilden Küsse und den Geschmack der Leidenschaft auf den Lippen, während er seinem Gegenüber die Hose auszog. Erfreut blickte er auf das harte Glied, worauf ihm das Wasser im Mund zusammenlief. „Darf ich von dir kosten, Brendan?“ Dess konnte es kaum erwarten, seinen Freund zu schmecken. Drei Tage Abstinenz waren eine verdammt lange Zeit gewesen.

„Zuerst bin ich an der Reihe!“ Bestimmend wurde der Dämon in die Laken gedrückt.

Er schloss genussvoll die Augen, als ihm Brendan zärtlich über die Brustwarzen leckte. Vor Aufregung rauschte ihm das Blut in den Ohren und jeder Nerv schien zu vibrieren. Niemals zuvor war er von einem anderen Wesen liebkost worden. Alle Zweifel waren plötzlich wie weggeblasen. Jetzt gab es nur noch Brendan, ihn und die Gefühle, die er in ihm auslöste.

Sein Schwanz pochte bereits schmerzhaft, als sich sein Partner unter Küssen den Weg darauf zubahnte.

„Oh mein Gott!", hörte er Brendan plötzlich murmeln.

Desmond öffnete die Augen. „Das nehm ich als Kompliment!" Selig lächelnd blickte er zwischen seine Beine, wo sein enormer Phallus gerade von einer sehr geschickten Zunge verwöhnt wurde. *„Hoffentlich verschrecke ich ihn damit nicht."*

Es fühlte sich fantastisch an, wie an ihm gesaugt und massiert wurde, doch er wollte endlich seinem Freund Genuss bereiten, bevor sein Schwanz gleich explodierte.

Mit seinen dämonischen Fähigkeiten brauchte er nicht viel Kraft aufwenden – schon lag Brendan unter ihm. Er drückte seine Schenkel auseinander und ließ das Glied über den runzligen Eingang gleiten.

Sofort versteifte er sich unter ihm. „Ich bin noch nicht so weit, Desmond."

„Wenn du wüsstest, wie weit ich dich schon hatte", dachte der Dämon wehmütig. Er würde ihm sagen müssen, was er schon alles für Spielchen mit ihm getrieben hatte, doch nicht jetzt. Er wollte den vertrauten Augenblick nicht zerstören. Es wäre ein Leichtes für ihn, Brendan mit Gewalt zu nehmen, doch das war nicht seine Art. Außerdem liebte er ihn viel zu sehr. Er könnte ihm niemals ein Leid zufügen.

Brendan schien diese Erkenntnis von seinen Augen ablesen zu können, worauf er sich wieder entspannte. „Dreh dich um und komm über mich", sagte er leise, und Dess wusste sofort, was er wollte. Einen Wimpernschlag später hatte jeder den Penis des Anderen im Mund.

Diesmal konnte sich der Incubus nicht so richtig auf seine Sache konzentrieren. Obwohl Brendan nur die Hälfte seines Phallus' zwischen den Lippen hatte – denn mehr schaffte er ob der enormen Größe nicht – jagten

Schockwellen durch Desmonds Unterleib, die sich in rasender Geschwindigkeit in seinem ganzen Körper ausbreiteten. Noch niemals zuvor hatte ihn solch eine Lust erfüllt. Während sein junger Freund saugte und leckte, drückte dieser sein Glied tief in den Rachen des Incubus. Dess versuchte sich abzulenken, indem er sich auf sein Tun konzentrierte, doch es gelang ihm nicht. Der Schwanz in seinem Mund rüttelte an seiner Selbstkontrolle. Innerhalb weniger Sekunden ergoss er sich in Brendan, der sich an der enormen Menge beinahe verschluckt hätte.

Schwer atmend drehte sich Dess auf den Rücken, doch sein Liebhaber ließ ihn nicht zur Ruhe kommen. „*Jetzt* darfst du von mir kosten, Dämon!“ Bedrohlich setzte sich der Mann auf seinen Brustkorb, die Knie seitlich von Desmonds Kopf auf der Matratze abgestützt, und schob ihm sein Glied einfach zwischen die Lippen. Mit einer Hand hielt er es fest, um es besser in den Mund des Incubus zu bekommen. Immer wieder stieß er fest in die feuchte Höhle und knurrte, wie Dess seinen Schwanz zu bearbeitet hätte, doch in seinen Augen blitzte der Schalk.

Desmond spielte das erregende Spiel mit, mimte den Untergebenen, und nur kurze Zeit später pumpte Brendan den köstlichen Saft in ihn hinein.

Als es vorbei war, wusste Desmond nicht, wie er sich verhalten sollte. „Ich glaube, ich verschwinde jetzt besser“, flüsterte er.

Brendan legte den Kopf auf seine Brust. „Bitte bleib.“

Der Incubus seufzte: „Ich bin schon zu lange geblieben.“

Demonstrativ kroch der junge Mann auf den Körper des Dämons, um ihn damit zum Bleiben zu überreden, obwohl er wusste, dass ihn das nicht hindern konnte zu verschwinden. Dann begann er, lasziv an dessen Halsbeuge zu lecken. „Ich kann ein Geheimnis bewahren, glaube mir. Das tu ich schon seit sehr langer Zeit.“

Unter dieser zärtlichen Berührung erwachte Desmonds Verlangen aufs Neue. „Die Bruderschaft wird mich auslöschen, wenn sie von uns erfährt.“

„Küss mich endlich oder *ich* werde sterben!“, hauchte ihm Brendan ins Ohr. Dessen voll erigiertes Glied presste sich hart gegen den Oberschenkel des Dämons.

„Das kann ich natürlich nicht zulassen“, grinste der Incubus und rollte sich auf seine große Liebe.

Masquerade orientale

von Nicole Henser und Inka Loreen Minden

Ravi hielt sich an seinem Sitz fest, weil der Elefant schon wieder einen Ausfallschritt machte. Er fluchte verhalten, anscheinend hatte das Tier heute keine Lust, sich durch die Menschenmassen zu schieben. Doch er selbst wurde auch nicht gefragt, ob es ihm recht war, sich zujubeln zu lassen, es gehörte nun einmal zu seinen Pflichten als Maharadscha.

Er warf dem Elefantenboy einen strengen Blick zu, immerhin war es seine Aufgabe, seinem Schützling Disziplin beizubringen.

Plötzlich fesselte eine Gestalt am Straßenrand Ravis Aufmerksamkeit! Eine Frau, die sich sehr wohltuend von den kleinen Püppchen unterschied, die bereits seinen Harem bevölkerten. Sie war sehr hoch gewachsen und von kräftiger Statur, oberhalb des Schleiers konnte er leuchtende blaue Augen ausmachen, die suchend über die Menge glitten. Eine Europäerin! Und sie schien sich so gar nicht für den Mittelpunkt des momentanen Großereignisses zu interessieren …

Mit gebieterischer Stimme forderte Ravi den Elefantenführer auf, zu stoppen und ihm den Kommandanten seiner Palastwache heranzuholen.

Er musste diese Frau haben! Sein kleiner Maharadscha wollte schon immer in weißem Fleisch schwelgen! Solch exotische Genüsse waren ihm bisher verwehrt geblieben, weil die Frauen der britischen Kolonialmacht Immunität genossen. Aber dieses herrliche Weib war in einen Sari gewandet, was die begründete Hoffnung in ihm weckte, dass sie nicht zu einem westlichen Haushalt gehörte.

William Mahoney riss vor Schreck die Augen weit auf, als plötzlich zwei riesige Pferde der Palastwache vor ihm gezügelt wurden. *„Heiliger St. Nikolaus, Schutzpatron der Diebe!"*

Er hatte dem Umzug keine Beachtung geschenkt, weil er vielmehr versuchte herauszufinden, ob er seinen Verfolgern entkommen war. Wie es so seine Art war, hatte er auf dem Bazar die Finger nicht bei sich behalten können. Dabei war er dummerweise aufgefallen und von der Stadtgarde gejagt worden.

Gerade war er zu der Überzeugung gelangt, dass er wohl noch einmal Glück gehabt hatte, da wurde er unerwartet in die Luft gehoben und landete quer über einem Pferderücken. Eine riesige Pranke tätschelte seinen Hintern, und er kombinierte pfeilschnell, dass man ihn aufgrund seiner Verkleidung noch immer für eine Frau hielt.

„Was soll das? Ich werde um Hilfe rufen! Es geht um meine Ehre!", intonierte er mit verstellter Stimme, wobei seine Vorstellung nicht direkt bühnenreif war. Er hatte noch keine Zeit gehabt, sich in seine neue Rolle einzufinden, nur durch Zufall hatte er einen Sari um sich geschlungen.

Der grobschlächtige Mann berührte ihn weiterhin unsittlich, doch zu Williams Erstaunen benutzte er nicht seine Hände dazu. Es blieb also nur eine Möglichkeit, *was* er zwischen seinen Beinen fühlte.

„Ich schneide dir die Eier ab, du verdammter Drecksack!", murmelte er in das Fell des Pferdes. Als er den Kopf kurz anhob, hörte er, wie der Wachsoldat einen Befehl erhielt und daraufhin mit ihm durch die Menge davontrabte.

„Wo will er mit mir hin?“ Wenn William etwas sehen wollte, musste er sich an dem Schenkel des Gardisten abstützen, was dieser mit einem zufriedenen Grunzen quittierte.

„Billy, Billy, da hast du dich diesmal aber in eine Scheiße geritten!“, seufzte er. Bei den Zudringlichkeiten des dämlichen Kerls war es nur eine Frage der Zeit, wann er feststellen würde, dass er keine Frau war. Dann steckte er erst richtig in der Tinte!

William stöhnte auf, als sie durch die Pforte des Palastes in den Innenhof gelangten. Es war nicht nur die Erkenntnis, dass er mit seinen Befürchtungen recht gehabt hatte, sondern auch der Finger, der sich durch das Gewebe des Saris in seinen Anus bohrte, der ihn dazu trieb. Er schwindelte leicht, als er auf die Füße gestellt wurde. Kaum, dass er sein Gleichgewicht wiedergewonnen hatte, nahmen ihn zwei riesenhafte Kerle in die Mitte und führten ihn in ein Gebäude.

„Wohin bringt Ihr mich?“, versuchte er möglichst weiblich zu klingen.

Einer der Hünen schaute ihn an und sagte mit einer auffallenden Fistelstimme, die angesichts seiner Erscheinung ein Hohn zu sein schien: „Du kommst in unser Zenana, ab sofort gehörst du dem Maharadscha!“

William schluckte. *„Das kann doch nicht wahr sein – in den Harem?“*

Die luxuriöse Ausstattung, die goldenen Möbel, kunstvollen Glasfenster und seidenen Vorhänge rauschten an ihm vorbei, bis er plötzlich in einem großen Raum landete. Als er sich umschaute, war er allein. Irritiert starrte er das bombastische Bett an, das das Zimmer dominierte. *„Billyboy, jetzt wird es ernst!“*

Ravi wollte diesmal nicht die Prozedur abwarten, die jeder Neuzugang über sich ergehen lassen musste: Die Frauen wurden normalerweise von den Eunuchen gebadet, enthaart, mit duftenden Ölen eingesalbt und in neue Gewänder gehüllt. Nein, er wollte seine neueste Errungenschaft gleich einweihen!

Schwungvoll öffnete er die Türe seines Schlafzimmers und schloss sie sogleich hinter sich ab. Denn manchmal musste er erst ziemliche Überzeugungsarbeit leisten, bevor ihm die Mädchen zu Füßen lagen, und besonders von den Europäerinnen hatte er gehört, dass sie ihren eigenen Dickschädel besaßen.

Als er sich umdrehte, sah er die Neue am Fenster stehen. *„Ah, mein Vögelchen hat also schon an Flucht gedacht!“* Doch aus diesem Turmzimmer gab es so schnell kein Entkommen.

Mit weit aufgerissenen Augen starrte sie ihn kurz über ihren Schleier an, die Hände zu Fäusten geballt, bevor sie ihm wieder den Rücken zukehrte. Beim Näherkommen begann Ravis Schwanz bereits zu zucken. Diese durchdringend blauen Augen, die breiten Schultern und ihre enorme Körpergröße zeugten davon, dass er diesmal eine Frau in seinem Reigen hatte, mit der er etwas temperamentvoller umgehen konnte.

„Nicht so verschämt, meine Schönheit. Komm her und zeig mir dein Gesicht!“

William drehte sich nicht um, sondern schaute über seine Schulter auf den Mann herab, den er um eine halbe Haupteslänge überragte. Frustriert schlug er wieder mit dem Handballen gegen das reich verzierte Fenstergitter, das heftig vibrierte, doch es gab kein bisschen nach.

Er seufzte. Sollte er dem Maharadscha die Scheue vorspielen? Die *etwas missmutige* Scheue? Fast hätte er laut aufgelacht, so absurd war die Situation. Zumindest stahl sich ein Grinsen auf sein Gesicht, als er sich langsam zu seinem neuen Herrn umwandte.

Neugierig musterte er den Herrscher, der für indische Verhältnisse hoch gewachsen war. Er war ein hübscher Bursche, gut gebaut, mit einem schimmernden Bronzeteint.

Am liebsten hätte William ihm vertraulich auf die Schulter geklopft, um ihm dann den Irrtum zu offenbaren, dem er erlegen war – doch der Engländer war lange genug in Indien, er wusste, dass nur ein Fingerschnippen dieses Mannes dafür sorgen konnte, seinen Kopf sehr locker auf den Schultern sitzen zu lassen.

Langsam wich er vor dem angespannt und etwas irritiert aussehenden Radschah zurück und hielt den Schleier vor dem Gesicht fest, als fürchtete er, dass er es mit Gewalt enthüllen könnte. „Besser nicht“, flüsterte er, damit die Tiefe seiner Stimme nicht so auffiel.

Ravi war ein Mensch mit einem geduldigen Naturell, nur sein Glied machte ihm heute einen Strich durch die Rechnung. Mit raumgreifenden Schritten durchmaß er das Zimmer, bis er dicht vor dem Rücken der anscheinend Schüchternen stand. Erst da wurde ihm bewusst, *wie* sehr sie sich von den Frauen seines Volkes unterschied. Nicht nur ihre Figur – allein ihr Geruch ... er hatte etwas Animalisches, Exotisches an sich.

Vorsichtig ließ er einen Finger an ihrem Rückgrat hinunterwandern, bis er an dem muskulösen Po angelangt war. Er nahm ungläubig je eine Hälfte in die Hand, um sie durch den feinen Stoff zu streicheln.

„Tu was, verdammt! Bill, du musst dir etwas einfallen lassen!", presste William leise durch die zusammengebissenen Zähne. Die Berührungen erinnerten ihn unangenehm an die Behandlung, die er von dem lüsternen Gardisten erfahren hatte. Außerdem würde der Maharadscha noch weiter gehen, wenn er ihm keinen Einhalt gebot.

Er machte einen Schritt zur Seite und gab seinem Herrn einen neckischen Klaps auf die Finger. Dann versuchte er in dem Raum so weit wie eben möglich von ihm wegzukommen. *„Gerettet – für einen Moment!"*

„Keine Angst, mein scheues Reh, ich werde nichts tun, was dir nicht auch gefällt", säuselte Ravi der großen Frau ins Ohr, nachdem er ihr hinterhergeeilt war. Vorsichtig legte er ihr eine Hand an die Brust.

„Na, viel hat sie aber nicht zu bieten", dachte er enttäuscht und ließ seine Hand tiefer wandern. *„Dafür besitzt sie dort umso mehr ... Bei Brahma! Das kann doch nicht wirklich ..."*

Schockiert über seine Entdeckung, riss er dem Mann den Schleier vom Gesicht.

William schenkte ihm sein liebenswürdigstes Lächeln, immerhin sah der Radschah nicht besonders erfreut aus. Außerdem wusste er, wie es sich anfühlte, wenn man fest mit einem amourösen Abenteuer gerechnet hatte, und es kam ganz anders.

Da er keine Ahnung hatte, was die Etikette bei der Begrüßung vorsah, zog er sich auf militärische Höflichkeit zurück und salutierte. Dann streckte er dem Herrscher die ausgestreckte Hand hin und sagte zackig: „William

Mahoney, Sir! Stets zu Euren Diensten!"

Ravi war empört und fühlte sich zugleich wie das dümmste Schaf auf Erden. Wie hatte er sich nur so verschätzen können? Seine Fähigkeiten als Frauenkenner schienen ihn verlassen zu haben. *„‚Stets zu meinen Diensten' ... Was für ein frecher Engländer!"*, dachte er sich, doch das schelmische Grinsen, das dieser ihm schenkte, hielt seinen aufsteigenden Zorn auf einem kontrollierbaren Pegel.

Sein Gegenüber zog die Hand wieder zurück und hob abwartend die Brauen. Kein Wunder, dass Ravi seine Augen für die einer Frau gehalten hatte. *„Diese Brauen sind aber auch außerordentlich hübsch geschwungen. Und erst das Blau der Iris ... wie ein funkelnder Lapislazuli."*

Obwohl dieser „William" die Lippen verbissen zusammenpresste, was wohl davon zeugte, dass er doch eine Spur Respekt vor einem Herrscher besaß, erkannte der Maharadscha einen sinnlichen Mund, wenn er einen sah. *„Keine meiner Frauen hat so wundervolle Lippen wie dieser Mann."*

Da kam ihm eine Idee. *„‚Stets zu Euren Diensten', hat er gesagt."* Vielleicht sollte er ihn einfach beim Wort nehmen? „Ihr wisst, dass ich Euch für Eure Täuschung töten lassen werde?"

William wurde blass unter seiner sanften Bräune. Für einen Moment überlegte er, ob ihm ein Kniefall Gnade bescheren konnte, doch dann hob er sein Kinn und starrte dem Radschah in die braunen Augen. Er wusste selbst nicht, ob er gerade die Macht des britischen Empires im Rücken spürte, aber er hatte nicht vor, das Haupt zu beugen.

„Kann ich irgendetwas tun, um Eure Majestät davon

abzuhalten?", fragte er bebend.

„Bietet Euch mir an. Überzeugt mich von Euren Qualitäten!" Ravi war gespannt, ob er den unbeugsamen Burschen so aus der Reserve locken konnte.

In Williams Blick machte sich Verwirrung breit. Hatte er ihn richtig verstanden? Sollte er sich wirklich einem Mann anbieten? Wozu? Schließlich war er nicht schwul!

„Oh Gott, Bruder, musst du spitz sein. Ist dir ein hübsches Stück Arsch lieber, als eine deiner Lieblingsfrauen aufmarschieren zu lassen?", dachte er panisch. *„Muss es ausgerechnet* mein *Arsch sein?"*

Er hatte das Gefühl, dass ihm am ganzen Körper der Schweiß ausbrach. Aber dann besann er sich, dass es vielleicht die einzige Chance war, sein Leben zu behalten. *„Was könnte ihn bei einem Mann anmachen? Wahrscheinlich mein großer Schwanz, der ist schon etwas Besonderes …"* Stolz durchflutete ihn, als er sich langsam über den Bauch streichelte und seine Hand dann unter den Sari wandern ließ. Seltsamerweise war er in den unteren Gefilden bereits hellwach, und seine Finger umschlossen eine einladende Erektion.

Als er mit der Reibung begann, legte er den Kopf in den Nacken und schloss die Augen. Sein ausgeprägter Adamsapfel trat hervor und tanzte erregt auf seinem Hals. Aus Williams Brust löste sich ein tiefes Stöhnen, anscheinend dachte er nicht länger an seinen begierigen Zuschauer, während er sich immer intensiver liebkoste.

Neugierig geworden, was der Engländer unter dem Sari verbarg, begann Ravi, die lange Stoffbahn abzuwickeln. Es dauerte eine Weile, bis der Mann nackt vor ihm stand, doch sein Anblick ließ sämtliches Blut in die unteren Regionen des Maharadschas schießen. Diesem präsentierte sich ein gut definierter Körper: Die langen Gliedmaßen waren leicht behaart und nicht zu muskulös, der Bauch flach und käseweiß – was dem Herrscher gut gefiel.

„Das ist doch mal was Anderes." Er trat näher, um mit den Fingerspitzen über die Brustwarzen zu fahren, die sich unter seiner Berührung sofort zusammenzogen. Erregt blickte er auf das mächtige Glied herab, an dem der Engländer immer noch selbstvergessen rieb. *„Ich werde ihm sein Leben nicht zu leichtfertig überlassen, obwohl er ein beeindruckendes Beispiel männlicher Anatomie ist. Er müsste schon außergewöhnliche Fähigkeiten beweisen!"* Er zog sich das prunkvolle Gewand aus, bis er ebenso splitternackt war wie sein Gefangener.

„Ihr solltet *mich* von Euren Qualitäten überzeugen, William!", donnerte er so gebieterisch wie möglich durch den Raum. „Nun zeigt mir endlich, wie Ihr Euch aus der Schlinge ziehen wollt!"

Wie aus einer Art Trance erwachte dieser und schaute Ravi schwer atmend an. „Shit", entschlüpfte es ihm leise. Er ließ seinen zuckenden Ständer los, der bereits kurz vor der Explosion stand. Sein Blick glitt langsam über den entblätterten Maharadscha und blieb an dem erigierten Glied hängen. *„Okay, du wirst ihm jetzt Lust verschaffen, wie du es damals als pickeliger Jüngling bei Tobias Quale getan hast. Es ist ganz leicht, nur dass es nicht dein eigener Schwanz ist."*

Zuerst wollte William zielstrebig zugreifen, doch dann überlegte er es sich anders. Immerhin hing sein Leben davon ab … Mit sanften Fingern berührte der Engländer das Gesicht des Herrschers, er fuhr mit einer Kuppe über seine Augenbrauen und wanderte dann über die Wange bis zu dem sinnlichen Mund. Zärtlich streichelte er mit dem Daumen über seine Lippen und konnte nicht widerstehen, ihn vorsichtig dazwischen zu schieben, um die feuchte Zunge zu berühren.

„Verdammt, du *bist* vielleicht ein hübscher Kerl!", flüsterte William, bevor ihm einfiel, dass der Maharadscha sicherlich eine andere Ansprache gewöhnt war. Trotzdem fügte er todesmutig hinzu: „Ich glaube, du brauchst es, mal richtig rangenommen zu werden!"

Sein Gebieter sog scharf die Luft ein. Ob seiner Ausdrucksweise oder der Lust, die er ihm verschaffte, wusste der Brite nicht, obwohl er Letzteres vermutete, denn der Penis des Herrschers stand schon steil von seinem Körper ab.

„Ihr dürft ‚Ravi' zu mir sagen, frecher Engländer", hauchte ihm dieser gegen seinen feuchten Daumen. Es überraschte den Radschah, wie zärtlich die Finger dieses Fremden an seinem Körper spielten.

„Ein Mann weiß eben, was seinesgleichen Freude bereitet." Dennoch lechzte er nach einer härteren Gangart. Sein Gegenüber hatte ihn schon verdammt scharf gemacht.

Ohne zu zögern, griff er William in den Nacken und zog dessen Lippen an seinen Mund. Er war größer als er selbst, der Statur nach bestimmt auch stärker – und plötzlich verspürte Ravi den Wunsch, von diesem Mann dominiert zu werden. Nur einmal wollte er die Rolle des Herrschers aufgeben und den Untergebenen spielen.

„Nehmt mich, tut mit mir, was Ihr wollt", hauchte er William an die Lippen, bevor er ihn küsste. Dabei pressten sich ihre Körper aneinander.

Der Engländer war verdutzt, dennoch begegnete er mit seiner Zunge der des Radschahs. *„Billyboy, jetzt scheinst du* *der Boss zu sein!"*, geisterte dabei belustigt durch sein Hirn. Sie fochten einen kleinen Ringkampf aus, der damit endete, dass William seine Zunge energisch in die Mundhöhle seines Partners stieß und sich dann in Imitierung des Aktes wieder zurückzog. Er konnte spüren, wie die Spannung in Ravis Körper stieg, der gierig sein Becken an ihn drückte. Dann wog er seine Hoden in der Hand und drückte sie leicht. Zwischen Daumen und Zeigefinger zwirbelte er ein Ei und erhöhte vorsichtig den Druck, bis ihm ein Zucken anzeigte, dass er die Grenze zum Schmerz erreicht hatte.

Die zarte Haut des Maharadschas war von einem dünnen Schweißfilm überzogen, den William mit der Zunge kostete. *„Das muss eine Droge sein!"* Er wusste nicht mehr, in welche Richtung sich seine Welt drehte. Wie konnte ihn dieses Zusammenspiel derart berauschen, wenn er noch nie eine Neigung zu Männern verspürt hatte? *„Egal, es geht um meinen Hals, und es wurden schon für einen geringeren Preis Prinzipien über Bord geworfen."* William streichelte spielerisch über Ravis feste Pobacken. „Komm schon, großer Herrscher, strecke mir deinen Hintern entgegen!", knurrte er erregt.

Dieser wusste genau, was William vorhatte. Einen kurzen Moment zögerte er. *„Soll ich wirklich? Ich habe noch nie ... Egal!"* Gehorsam drehte er sich um und bückte sich. Dabei stieg ihm die Schamesröte ins Gesicht. Dem Engländer bot sich nun der volle Einblick in seine intimsten Stellen. Doch das Wissen, ihm so schutzlos ausgeliefert zu sein, ließ seinen Schwanz bereits schmerzhaft pochen. *„Ich kann jederzeit die Palastwache rufen"*, machte er sich Mut. Doch wollte er sich diese Blöße wirklich geben?

William brachte ihn in die Position, die ihm beliebte und spreizte dabei Ravis Beine weit. Seinen Oberkörper hatte er hinuntergedrückt, sodass das appetitliche Hinterteil gut für ihn zu erreichen war.

„Götz von Berlichingen – drauf gepfiffen!“ Schon vergrub er sein Gesicht zwischen den muskulösen Backen, um mit der Zunge den Damm zu reizen. Die gutturalen Laute, die er hörte, verrieten ihm, dass der Mann auf diese Behandlung stand. Davon ließ William sich beflügeln, leckte die Rosette und tauchte dann spaßeshalber mit der Zungenspitze in den runzeligen Kranz. Es schmeckte leicht bitter, aber nicht unangenehm, darum führte er das neckische Spiel fort.

Unter dem Bauch des Maharadschas peitschte das erregte Glied. William ergriff es durch die Beine und begann die Eichel zu reizen, indem er die Vorhaut auf dem Schaft vor und zurück gleiten ließ. Plötzlich unterbrach William sein Treiben, weil er wusste, dass Ravi kurz vor dem Höhepunkt stand.

„So, Eure Majestät, wenn ich dir jetzt den königlichen Arsch versilbere, wirst du mein Leben verschonen, nicht wahr?“, stöhnte er, während er seine Gliedspitze über den glitschigen Anus rieb und sanften Druck darauf ausübte.

„Tut, was Ihr nicht lassen könnt, und ich werde Euch Euer Leben schenken!“, hörte Ravi sich flehen. *„Aber aus diesem Palast werde ich dich nicht mehr gehen lassen!“*

Er blickte zwischen seine Beine, wo der Engländer immer noch an seinem Phallus rieb, und fragte sich, wie viele Stellungen des Kamasutras von zwei Männern ausprobiert werden konnten.

William fiel ein Stein vom Herzen, frohen Mutes schwang er sich in den Sattel und drang mit der Spitze in seinen Maharadscha ein. Die unberührte Enge trieb ihn fast in den Wahnsinn, das Gefühl war einfach zu intensiv. Er befürchtete, sich sofort zu verströmen, darum hielt er ganz still und konzentrierte sich lieber darauf, die Dehnung mit dem kapitalen Glied behutsam durchzuführen.

„Was für ein Abenteuer, Bill! Wenn ich das zuhause in Good Old Britain erzähle, wird mir kein Mensch glauben!“, dachte er fröhlich und grinste. Es tat gut, sich ein wenig abzulenken, denn jede Bewegung hätte im Moment eine Explosion hervorrufen können.

Ravi glaubte, es würde ihn jeden Moment zerreißen, doch er sagte nichts. *„Ich habe es ja nicht anders gewollt.“* Dankbar registrierte er, dass ihm William erst Zeit ließ, sich an die Dehnung zu gewöhnen, worauf er sich langsam entspannte. Das allerdings nahm sein neuer Freund wohl zum Anlass, ihre Verbindung zu vertiefen.

Mit vorsichtigen Stößen begann William, seinen Ständer voranzutreiben. Bisher hatte er nur zur Hälfte in Ravis Anus gesteckt, doch jetzt hatte er das Ziel, ihn in ganzer Länge zu versenken. Der Inder stöhnte, doch es war schwer auszumachen, ob aus Schmerz oder Leidenschaft.

Plötzlich überkam den Herrscher ein überwältigendes Lustgefühl. So ganz in der Gewalt dieses Fremden zu sein, trug ihn in andere Sphären.

Der Engländer legte an Tempo zu, klammerte sich so fest an seine Hüften, dass er ihm nicht entkommen konnte, und als Ravi spürte, wie er sich zuckend und laut keuchend in ihn ergoss, kam es auch ihm.

William zog ihn in seinen Arm und strich ihm das feuchte Haar zur Seite. *„Das ist das Gesicht, das ich gestreichelt habe, bevor mich die Lust überkam“*, fiel ihm plötzlich auf. Ihre Vereinigung hatte wenig Feinsinniges gehabt, und irgendwie nagte an Billy das schlechte Gewissen. Er kam sich vor, als hätte er eine Jungfrau unsanft entehrt – und es gab in Ravis Fall deutliche Parallelen.

„Wer weiß, ob der Herrscher nicht doch etwas verstimmt ist, weil du ihm den Hintern aufgerissen hast. Vielleicht lässt er dich trotz seines Versprechens einen Kopf kürzer machen." Aber hauptsächlich war es ein seltsames Gefühl in der Herzgegend, das ihn dazu bewegte, den Maharadscha zärtlich zu küssen.

Ravi war erstaunt, als er bemerkte, wie ihm die Knie ganz weich wurden. Der Engländer beherrschte die Kunst des Küssens aber auch einzigartig! *„Entweder er steckt verdammt tief im Schlamassel oder er ist ein Naturtalent."* Anders konnte sich der Radschah sein Verhalten nicht erklären. Er nahm ihn an der Hand und zog ihn aufs Bett, wo er schon viele Nächte mit einer hübschen Frau gelegen hatte. Aber für die Zukunft konnte er sich vorstellen, auch mit William die Laken zu zerwühlen. *„Nein, diesen Mann werde ich nicht mehr gehen lassen!"*

„Nun macht mit mir, was Euch beliebt, Herr", hörte er die atemlosen Worte des Europäers am Ohr, was seinem besten Stück sofort wieder Leben einhauchte. *„Ob er so um seinen Hals fürchtet? Vielleicht habe ich ihn zu sehr eingeschüchtert?"*, sinnierte Ravi. *„Doch soll er sich ruhig fürchten. Das verleiht der Situation den gewissen Reiz."*

Er bedeutete dem großen Mann, sich auf den Rücken zu legen und die Arme über dem Kopf auszustrecken. Dann holte er aus einer großen Truhe seidene Schals und fesselte William an das kunstvoll geschmiedete Bettgestell.

Der Anblick dieses wehrlosen Burschen, der so voller Lust zu ihm aufblickte, schickte ein Beben durch Ravis

Körper. *„Nein, er möchte es genauso wie ich."*

Zärtlich ließ er die Zunge um die Brustwarzen kreisen und biss dann vorsichtig hinein, als sie sich versteiften.

„Oh Gott, ja! Zahl es mir heim, dass ich so ein grober Klotz war!", dachte William atemlos. Dann waren sie quitt, und er konnte leichten Herzens gehen. Für ihn war es selbstverständlich, dass Ravi seine Freilassung unausgesprochen einbezogen hatte, als er sagte, er würde ihm sein Leben schenken.

„Schade, hier könntest du ein Dasein führen wie die Made im Speck, Billyboy! Unser Maharadscha ist ein süßer Kerl und die anderen Insassen seines Harems, sprich die Mädels, wären auch sehr unterhaltsam!" William wurde aus seinen Gedanken gerissen, als Ravi plötzlich den Mund über sein pochendes Glied stülpte. Das exzellente Zungenspiel ließ ihn den Atem keuchend ausstoßen. Noch nie hatte das ein Mann bei ihm getan, und seine Lenden begannen zu brennen.

„Ich glaube, ich bin im Himmel!", stieß er aus, nachdem aus dem anfänglich schüchternen Züngeln ein kräftiges Saugen wurde. „Das ist Folter!"

Schmunzelnd registrierte der Herrscher, dass sein Gefangener wie Öl zerfloss. „Das nennt Ihr Folter? DAS ist Folter!", keuchte Ravi, als er dessen Beine an den Kniekehlen in Richtung Bauch drückte und sein Glied ohne Vorwarnung in Williams faltigen Eingang trieb.

Der Brite schnappte nach Luft und hätte fast aufgebrüllt. Die trockene Penetration machte die ersten Stöße zu einer Tortur, und sein gestählter Körper verkrampfte sich, jeder Muskel schien angespannt und trat deutlich hervor.

Der Radschah genoss sein Tun in vollen Zügen. Ja, da

lag ein waschechter Kerl unter ihm, und das machte ihn unsagbar an! Das war schon etwas anderes, ob er eine Frau von hinten nahm oder einen Mann.

Er legte sich die Beine des Engländers auf die Schulter und stieß ihn richtig schön durch. Nach den anfänglichen Schwierigkeiten, lief es wie geschmiert. *„Das Kamasutra bietet auch uns genügend Stellungen, mein wilder Tiger!“*

Während er die Prostata mit seiner Länge reizte, stimulierte er William zusätzlich mit seiner Hand. Es dauerte nicht lange, da verloren sich die Männer ein zweites Mal in berauschender Ekstase.

Erschöpft ließ sich Ravi neben den Gefesselten gleiten, und beide genossen für einen Moment die Nachwirkungen des Liebesspiels. *„Ich nehme jede unausgesprochene Entschuldigung zurück – mein Maharadscha ist ein Tier!“*, dachte William amüsiert.

„Und jetzt zeige ich Euch Euer Zimmer“, meinte Ravi plötzlich, löste die Fesseln und zog den ziemlich verwirrt dreinblickenden Engländer auf die Beine.

„Ihr werdet bestimmt Verständnis dafür haben, dass ich Euch keinen freien Zugang zu allen Frauen gewähren kann. Die Gefahr wäre zu groß, dass meine Nachkommen auf einmal blaue Augen hätten“, erklärte der Radschah grinsend. „Aber einige meiner Juwelen scheinen die Götter für Nachwuchs verschlossen zu haben. Ich halte sie separat von meinen anderen Frauen, deren ständig wachsenden Bäuche von Fruchtbarkeit und Leben berichten, um ihre Gefühle zu schonen.“

Ravi betrachtete William nachdenklich. „Ihr würdet mir sogar eine große Ehre erweisen, wenn Ihr diese Blumen für mich verwöhnen könntet, denn sie bekommen nicht die Anerkennung, die sie verdienen.“

William starrte den Maharadscha ungläubig an: „Ich soll hier bleiben, als Euer *Gast*?“

„Nein, frecher Engländer! Ihr seid gerade zu meinem aktuellen Favoriten aufgestiegen, der sich meiner großen Aufmerksamkeit sicher sein kann. Den Rang teilt Ihr Euch mit niemandem außer der obersten Rani, der diese Stellung schon deswegen gebührt, weil sie meine erste Ehefrau von Achten ist.“

Mit offenem Mund beobachtete William, wie Ravi sich in sein kostbares Gewand hüllte. Augenblicklich war er wieder der Respekt einflößende Herrscher: „Folgt mir!“

„Billyboy, du bist ein Gewinner!“, dachte der englische Schwerenöter grinsend und strich sich über das Kinn. *„Eine Made im Speck!“*

Führungswechsel 2

von Nicole Henser

Alec zitterte. Er kniete nackt über einen Polsterhocker gebeugt, sein ganzer Körper bebte vor Lust. Die kräftigen Muskelpartien seines Rückens und des knackigen Pos spannten sich rhythmisch an, während John an dem kleinen Regler drehte.

„Wenn du mir den Bezug versaust, leckst du ihn wieder sauber, also unterstehe dich, zu kommen, bevor ich es dir erlaube!“, sagte John sanft. Die Fernbedienung lag auf der Armlehne seines Sessels, und er lehnte sich zurück, um den Anblick zu genießen. Alec war eine Augenweide, und es faszinierte ihn, dass der junge Mann sofort auf das Vibrieren des dicken Dildos in seinem Anus reagierte.

Seit etwa einer Woche bekleidete John die Rolle eines dominanten Herrn – und zu seinem Erstaunen gefiel es ihm immer besser.

Er liebte es, sich prickelnde Spiele für seinen „Sklaven“ auszudenken. Es wäre ihm dabei nie in den Sinn gekommen, ihn zu quälen, wie der sadistisch veranlagte Steve es getan hatte, und Alec dankte es ihm mit hündischer Ergebenheit.

„Es wird langsam Zeit, an deinem Selbstbewusstsein zu arbeiten“, dachte John, als er um sein Opfer herumging und sich vor ihm auf die Knie sinken ließ. Er hob Alecs Kopf und küsste ihn zärtlich. Erst, als dieser in seinen Mund stöhnte und sich dabei versteifte, bemerkte er belustigt, dass er vergessenen hatte, den Vibrator herunterzuregeln. Begleitet von wilden Zuckungen, presste Alec sein Becken gegen den Hocker und entlud sich.

„Soll ich jetzt darauf bestehen, dass er den Samen ableckt? Ich muss ihn bestrafen, weil er nicht gewartet hat, obwohl es eigentlich meine Schuld war“, dachte John, aber dann fiel ihm auf, dass er keinen Spaß daran hätte, Alec dabei zu beobachten. Nur, weil er es angedroht hatte, musste er es nicht unbedingt wahr machen – das wäre Steves Niveau gewesen, von dem er sich deutlich distanzieren wollte.

„Wenn du gleich den Lappen holst, um die Sauerei wegzumachen, kannst du dir schon mal überlegen, was du deinem ehemaligen Herrn gerne heimzahlen würdest“, flüsterte ihm John ins Ohr und band seine Hände los.

Alec keuchte und schaute ihn fragend an. „Was meinst du, Meister?“, brachte er mühsam hervor. Dann betrachtete er zerknirscht die Spermaflecken auf dem Velourstoff. „Es tut mir sehr leid, bitte verzeih mir.“

Lächelnd zog John ihn in seine Arme. Wie üblich ließ ihm die Berührung der zarten Haut einen Schauer über den Rücken laufen. Der Körperkontakt mit Alec hatte schon fast etwas Magisches, zumindest verfehlte er nie seine Wirkung auf John.

Er stöhnte leise, als er sich Alecs flinken Fingern überließ. Erst jetzt bemerkte er, dass ihn seine Erektion fast umbrachte, so sehr spannte sie in der Jeans. John hatte sich die ganze Zeit Erleichterung verschaffen wollen, doch die Betrachtung Alecs hatte ihn immer wieder abgelenkt.

„Würdest du …“ Weiter kam er nicht, schon verschwand sein Glied bis zum Anschlag zwischen Alecs Lippen. Als gehorsamer Sklave hatte er gelernt, seinem Herrn die Wünsche von den Augen abzulesen.

Doch auch John konnte etwas aus seinen Augen lesen: Alec empfand Vergnügen bei dem was er tat. Es freute ihn, dass der junge Mann wieder andere Gefühle kannte als Angst, Hass und Kälte.

Sein neuer Meister hatte sich geschworen, ihn wieder zu einem normalen Leben zu führen. Und eigentlich erregte es John viel mehr, wenn sich sein Lover freiwillig unterwarf, weil es ihm Spaß machte. Er wünschte sich, dass Alec bald so weit sein würde, ihr Sub-Dom-Verhältnis als Spiel zu betrachten.

Dabei schien er auf dem richtigen Weg zu sein, denn es blitzte gutgelaunt in den Augen seines Schützlings, als er John ein verzweifeltes Stöhnen entlockte.

Mit einem Aufschrei ergoss er sich in Alecs Mund, der brav jeden Tropfen schluckte und sich dann genüsslich mit der Zunge über die Lippen fuhr.

„Das war das Dankeschön dafür, dass ich die Polster nicht ablecken muss", sagte er untertänig und holte dann das Putzzeug, um das Malheur zu beseitigen.

John streckte sich lang auf dem Teppich aus, sein Atem ging stoßweise. *„Wow! Der Süße versteht sein Handwerk!"*, dachte er verträumt.

Träge beobachtete er den hübschen Burschen bei seiner Reinigungsaktion. *„Er gehört mir, mit Leib und Seele. Wie bringe ich ihn dazu, die Verantwortung für sein Leben wieder selbst zu übernehmen?"*

Er hoffte, dass sein Vorhaben funktionieren würde. „Denkst du bitte daran, Rachepläne zu schmieden? Male dir aus, was du Steve gerne antun würdest, wenn du ihn in die Finger bekämst."

Alec lächelte. „Hast du einen Punchingball für mich, an dem ich mich abreagieren soll?"

Sein Meister setzte sich im Schneidersitz vor ihn und grinste breit. „*Ich* werde dein Punchingball sein! Morgen vertauschen wir für einige Zeit unsere Rollen: Du wirst der Dom sein und ich der Sub! Da kannst du dich voll und ganz ausleben!"

Das Sonnenlicht warf leuchtende Streifen auf Johns Körper. Alec war schon lange wach und betrachtete seinen schlafenden Herrn. Er war einfach wundervoll, und es gab ihm ein Gefühl von Sicherheit, sich ganz in seine Hand zu begeben.

„Warum willst du, dass ich ab heute das Sagen habe? Ich habe Angst davor. Noch vor Kurzem durfte ich nicht einmal entscheiden, welche Farbe meine Unterhosen haben sollen!" Panik griff nach ihm, und er keuchte leise. Hilflos schmiegte Alec sich an John, der im Halbschlaf den Arm um ihn legte. Umgeben von Geborgenheit machte er noch ein Nickerchen, bis John ihn mit einem sanften Kuss weckte. „Guten Morgen, Meister", hauchte dieser ihm zu und nahm dann eine passive Demutshaltung ein.

Alec hätte ihn am liebsten an den Schultern gepackt und geschüttelt. Es widerstrebte ihm, den starken Kerl so zu sehen, doch dann wurde ihm schlagartig klar, warum John diesen Kunstgriff einsetzte.

„Du hältst mir einen Spiegel vor! John, ich will das nicht, ich weiß auch so, dass ich ein Nichts bin! Steve hat mir das mehrfach täglich bestätigt!"

John schmunzelte in sich hinein. Er hatte auf einen Gefühlsausbruch gehofft, doch er hatte nicht so früh damit gerechnet. Anscheinend hatte sich der „alte Alec" gar nicht so weit unter der Sklavenoberfläche verschanzt.

„Was soll ich für dich tun, Herr?", fragte John scheinheilig.

Alec blickte ihn nachdenklich an, er hatte sich schon so

lange nicht mehr darum gekümmert, was er sich wünschte. Wie ein Roboter hatte er gewartet, was ihm befohlen wurde. Dieses Korsett war plötzlich weg, und er sollte selbst denken und sich über seine Motive klar werden. *„Ich muss ein wenig üben, dann wird es wieder gehen."*

Er schaute den Mann an seiner Seite an, und es kribbelte plötzlich in seinen Lenden. „Ist das ein Ständer, den du da vor mir verbirgst?", fragte er unsicher.

„Ja, Meister!" John senkte den Blick. „Bitte entschuldige."

„Zeig ihn mir!", forderte Alec mit etwas festerer Stimme. Als sein Lover ihm seine Erektion entgegenhob, überlegte er, was er selbst gern damit machen würde, doch er wollte Johns Inszenierung folgen, darum forderte er: „Reib ihn für mich, und ich möchte hören, wenn es dir gefällt!"

Der Freizeitsklave konnte sich nur mit Mühe ein Grinsen verkneifen. *„Wir kommen der Sache langsam näher."* Dann begann er gehorsam zu masturbieren. Es erregte ihn, Alecs Blicke zu spüren, die erst recht zaghaft und schon nach kurzer Zeit begierig über seinen Schaft glitten. Er stöhnte laut, als die ersten Stromschläge durch seinen Unterleib schossen.

Plötzlich schob Alec entschieden seine Hand weg und ließ das zuckende Glied zwischen seine Lippen gleiten, um es vollständig in der Kehle zu versenken. John konnte nicht länger warten und entlud sich keuchend.

„Das war, weil ich es so *wollte*! Nur für den Fall, dass du denkst, ich wäre aus der Rolle gefallen", kommentierte Alec trotzig, als John ihn von unten herauf ansah. Dann entschied er, dass es Zeit für das Frühstück war.

Während John das Geschirr in die Spülmaschine räumte, sagte er leise zu Alec, der am Tisch noch die Zeitung las: „Meister, darf ich dir eine Frage stellen?“

Irritiert schaute dieser von der Lektüre auf und nickte dann, wobei sich ein banger Ausdruck auf seinem Gesicht breit machte.

„Hat Steve dich brutal vergewaltigt?“ Die Frage stand im Raum, man konnte sie beinahe anfassen. Alec antwortete nicht, aber seine Lippen zitterten.

John schluckte und setzte erneut an. „Wie viel Schmerz hat er dir zugefügt? Hat er dich mit der Faust genommen? Mit irgendwelchen Gegenständen fast zerrissen?“

„Schweig!“, schrie Alec plötzlich. Seine Augen sprühten vor Zorn. „Es steht einem Sklaven nicht zu, solche Fragen zu stellen! Und wenn du ungehorsam bist, muss ich dich bestrafen!“

Provozierend schaute John ihn an. „Auf welche Weise hat er dich noch gedemütigt?“

Obwohl er auf der Hut gewesen war, überraschte Alec ihn damit, dass er ihn blitzschnell ins Schlafzimmer verfrachtete. Dort schubste er John unsanft auf das Bett und setzte sich auf seine Brust. „Gib mir deine Handgelenke!“, befahl er und führte Johns Arme zu den gepolsterten Handschellen, die an dem Eisengestell fixiert waren.

Nachdem er ihn so gefesselt hatte, schnaufte Alec noch immer erregt: „Muss ich dich knebeln oder hältst du jetzt endlich den Mund?“

John lächelte ihn an. „Willkommen im Leben, Alec!“

Sein Geliebter schaute ihn fragend an. „Kannst du mir das näher erklären?“

Mit einem befreiten Lachen versuchte John seine

Hände zu lösen, doch die Manschetten waren gut verschlossen. „Nun, du hast wieder gelernt, auf dich selbst zu hören und Entscheidungen zu treffen. Wenn dich jemand ärgert, stehst du für dich ein. Und ich muss schon sagen, dass du dich recht gut wehren kannst. Machst du mich jetzt bitte los?“

Alec bedachte ihn mit einem spöttischen Blick. „Wo ist er?“

„Wer?“, fragte John erstaunt.

„Der Dildo mit Fernsteuerung!“ Suchend schaute Alec sich um und öffnete einige Schubladen. „Ah, direkt zusammen mit dem Gleitgel, wie praktisch!“

Genüsslich hielt Alec den gigantischen Vibrator in die Höhe, um ihn dann sorgfältig mit dem Gleitmittel zu bedecken. Der Schalk blitzte in seinen Augen.

„So, jetzt öffne deine Beine für mich!“

„Alec, ich … Nein, bitte“, stammelte John, als er ihn kraftvoll packte und den Anus freilegte. Schon war der Kopf des Instruments an seinem Eingang, wo Alec ihn mit sanfter Drehung einführte. Der rosige Ring leistete nur geringen Widerstand und der riesige Phallus glitt tief in Johns Körper.

„Oh mein Gott, das Ding wird mich umbringen“, stöhnte er.

„Nein“, sagte Alec schmunzelnd, „noch nicht. Warte erst mal, wie es sich anfühlt, wenn es zu vibrieren beginnt!“

Langsam entkleidete er sich und kitzelte dann im Vorbeigehen kurz die Eichel von Johns prachtvollem Ständer. „Ich werde jetzt ein Bad nehmen. Wir sehen uns gleich wieder, mein Süßer!“ Er hauchte ihm einen Kuss zu.

Als Alec das wohltuende Wasser an seinem Körper fühlte, entspannte er sich sichtlich. Die Wärme löste selbst die versteckteste Verkrampfung, und er hatte das Gefühl, endlich wieder frei atmen zu können.

Wie zufällig legte er eine Hand auf den Wannenrand und spielte mit der kleinen Fernbedienung. Sie passte ganz in seine Hand, und er konnte den Einstellknopf trotzdem bequem betätigen. Alec grinste breit, als er an dem Rädchen drehte.

„Aaaaaaalec!!!!", schrie John, während er sich aufbäumte.

„Das ist das Prickelnde an einer Beziehung, wenn man immer wieder aufs Neue auskämpft, wer gerade oben liegen darf!"

Über die Autorinnen:

Inka Loreen Minden

Inka Loreen Minden wurde im Jahr 1976 im bayerischen Berchtesgaden geboren. Nach dem Abitur zog sie nach München, um dort eine Ausbildung zur Zahntechnikerin zu absolvieren. Während ihrer Lehre und später, nach der Geburt ihres Kindes, stellte sie das Schreiben aus Zeitmangel weitgehend ein. Im Jahr 2006 knüpfte sie jedoch wieder an ihre alte Leidenschaft an und veröffentlichte mehrere erotische Geschichten im Internet und in diversen Magazinen. Nachdem ihre Erzählungen so großen Anklang fanden, kehrte sie der Zahntechnik den Rücken und arbeitet nun weitgehend als freie Autorin.

Besuchen Sie auch die Website von Inka Loreen Minden:

www.inka-loreen-minden.de

Nicole Henser

Nicole Henser wurde 1968 in Mülheim a. d. Ruhr geboren. Nach dem Abitur arbeitete sie im Marketingbereich einer großen Telekommunikationsgesellschaft. Mit ihrem Mann bezog sie ein altes Bauernhaus am Niederrhein, das schnell der Dreh- und Angelpunkt ihres Lebens wurde. Nachdem sich ihre kleine Tochter zu ihnen gesellte, begann sie im Jahr 2003 zum Ausgleich mit dem Schreiben.

Besuchen Sie auch die Website von Nicole Henser:

www.nickys-schmoekerecke.homepage.t-online.de

Von den Autorinnen sind bereits folgende Bücher erschienen:

Nicole Henser

Das Beziehungs-Experiment

ISBN:
978-3936544350

Ausgangspunkt der aufregenden Reise in die Welt der Beziehungen ist eine Wohngemeinschaft in Berlin. „Ein chaotisches Experiment multikulturellen Zusammenlebens“, wie Bea, die biedere deutsche Krankenschwester so treffend bemerkt. Sie verliebt sich in den Komapatienten Alex, den sie im Laufe ihrer nächtlichen Besuche zu ihrem perfekten Märchenprinzen hochstilisiert. Brian, ein australischer 5-Sterne-Koch, lässt in Sachen Liebe nichts anbrennen. Als er die Mutter einer seiner Gespielinnen kennen lernt, hat er seine Meisterin gefunden … Auch innerhalb der unfreiwilligen Lebensgemeinschaft fliegen buchstäblich die Fetzen. Die Studentenliebe zwischen dem Amerikaner John und der süßen Schwedin Mona sorgt für genug Sprengstoff, um die gesamte WG in den Orbit zu katapultieren. Last but not least bringt Tommy, Monas homosexueller Bruder, alles durcheinander. Der lebendige, charmante Musiker befindet sich in einer Sinnkrise. In diesem Reigen verflechten sich die Beziehungen, denn auch das Verhältnis der Beteiligten zueinander unterliegt einem stetigen Wandel.

Inka L. Minden

SUPERNOVAE

corporis voluptas

ISBN:

978-3833494772

SUPERNOVAE – corporis voluptas (lat. für sinnliches Vergnügen) enthält drei ungewöhnliche erotische Novellen mit einem Hauch Science-Fiction.

KOPFGELDJÄGER KÜSST PRINZESSIN:
Prinzessin Leeta ist vor ihrem Verlobten geflohen und landet auf dem Raumschiff eines aufbrausenden Captains, der von der Liebe nichts mehr wissen möchte. Doch Leeta hat einen Weg gefunden, zu ihm durchzudringen.

KRIEGERHERZEN:
Der Soldat Jack und die Kriegerin Alija sind erbitterte Feinde. Als sie auf einem Planeten abstürzen, müssen sie gegen ihren Willen zusammenarbeiten, um zu überleben. Obwohl sie sich zunächst nicht freundlich begegnen, verlieben sie sich ineinander. Doch sollte Jacks Regierung von ihrer Liaison erfahren, wäre das sein Todesurteil.

DIE AMAZONE:
Steve wird von Kriegerinnen verschleppt und muss beim Frauenvolk für Nachwuchs sorgen. Doch seine Wächterin, die den Auftrag hat, ihn nach Vollendung seines Zwecks zu töten, hat sich in ihr Opfer verliebt. Sollte sie sich an dem Gefangenen erfreuen, wartet auf sie ebenfalls der Tod. Da schmiedet Steve einen Plan ...